情鍾香港

鍾玲　著

《情鍾香港》自序

鍾玲

二○一八年由澳門大學退休，選擇在台灣高雄定居，可是我心底知道，除了高雄，香港這個城市也是我的故鄉。我是在高雄的壽山山腳下，度過童年和少女時代，那些歲月裏感受的歡笑、關愛、水稻田上的微風，交織成故鄉氛圍。香港的粵語鄉音、溫馨情誼、山光海色，也鋪墊成故鄉底蘊。

我在香港長住兩次，加起來共二十二年。雙親鍾漢波將軍和范永貞夫人都是廣東人，所以我的母語是粵語。那二十二年走在香港任何一條人來人往的街道上，觸耳鄉音，都感覺親切貼心。第一次在香港長住是由一九七七年到一九八九年，這期間前五年，追隨胡金銓投入香港的電影圈，生活充滿新奇感和學習之樂，又結識不少香港的文化界菁英：徐訏、胡菊人、戴天、鄭樹森、小思、林年同、黃繼持等；這期間的後面七年，任教香港大學中文系，接觸港大、中大的優秀學生，許多在未來的文學界出人頭地，他們也跟我發展出深厚的情誼，如吳美筠、胡燕青、鮑國鴻、趙嘉文、王良和、陳錦昌。

第二次在香港長住是由二〇〇三到二〇一二年，出任香港浸會大學文學院院長，這九年可以說是我在教育界四十年裏最稱心如意的日子，因為不僅可以致力於提升教授和學生的學術水準，還可以一償夙願，在吳清輝校長的支持下，致力於創辦幾個高水準的文化、文學活動，如國際作家工作坊、紅樓夢獎、世界華文長篇小説獎、獅子山詩歌朗誦會。這期間更有幸攀爬港九新界郊野公園的群山，都因為我加入了香港城市大學鄭培凱教授帶領的爬山隊，一年比較清涼的那六個月，每個周末都去爬山，幾乎踏遍全港起伏的大小峰巒，看盡山海交界的美景，這兩百次登山不僅令我深深愛上秀麗的香港山水，也培育了我之後二十年的健康體魄。

這本《情鍾香港》能夠出書，要感謝初文出版社的黎漢傑社長，二〇二四年六月二十二日他寫 Messenger 訊息來，說他記得我「寫過一些和香港有關的散文，也有寫過不少香港詩人例如溫健騮，鷗外鷗等的評論」，他想出版我「有關香港主題的散文以及評論」集。我一想，是啊，對我而言，香港那麼重要，我還沒有出過一本以香港為主題的書！藉著這本書，我可以向香港致謝，感謝它賦予我深刻的生命意義。

黎先生跟我一同編選本書內容，他把文章編成三輯，第一輯描繪香港的人物，第二輯陳述香港生活的感受，第三輯評論香港作家的創作。他還搜查幾十年來香港的報章雜誌，找到我已經遺失的著作，如〈論溫健騮的《銅駝悲》〉、〈論鷗外鷗的詩：《狹窄的研究》〉、〈生活情懷釀文學美酒〉。此外，還要向好友劉偉成先生致謝，感謝他幫我聯繫和校對。

二〇二五年五月十日

目錄

第一輯

第二輯

第三輯

第一輯

三朵花送徐訏

徐訏先生一九八〇年十月十五日因罹肺癌於香港去世，享年七十三歲。

一、白菊

第一次見到徐訏是一九七六年夏，在墨西哥城的東方學會上，有人告訴我，那位個子高高，穿著風衣的就是徐訏。我心裏禁不住湧出興奮和好奇，不僅因為徐訏是現代文學史上的人物，也因為他是我中學時代崇拜的作家。他的《風蕭蕭》、《江湖行》，加上無名氏的《塔裏的女人》、《北極風情畫》，風靡了許多中學少女。我們想像中這兩位大作家，總是穿著一襲飄然的長袍，瀟灑而多情。

記得那是一場會議之後，樓外下著傾盆大雨，來自世界名地的漢學家們都擠在門口，徐訏卻獨立在門外石階盡頭看不出是快七十歲的人了，依然那麼英挺，依然很有

風采。他的嘴堅定地抿著，一雙眼珠灰黝黝的，注視著樓外的雨絲，像是深潭一般，蓄滿了落寞。

結婚後到香港三年了，常見到徐訏，因為外子金銓與他是多年的舊交。徐訏是香港文化界的忙人；他在浸信會書院作過中文系系主任、文學院院長，還一直擔任香港英文筆會的主席，又不時飛去歐洲美洲出席國際學術會議，去年他一枝筆還挑起一場軒然大波的「唐君毅論戰」。然而我總不時見到他眼中那股落寞。大概雖然他在香港住了三十年，他與此地的商業社會仍然格格不入罷！即使他近年寫了不少以香港為背景的短篇小說，字裏行間也嗅不出香港的氣息。不管是文字、人物、事件，都處理得乾乾淨淨，沒有一絲香港的喧嘩和忙亂。

二、桂花

徐訏的口才很好，他說過一個親身經歷的鬼故事，把我嚇得直抓金銓的手，到底是寫小說的人，會說故事。那天我們三個人在一家廣東茶樓飲茶。

徐訏說他小時候住在鄉下，夜裏一個人在院中的小屋讀書。忽地油燈沒來由地暗

了下來。他聽見有兩個人的腳步聲朝他小屋走來，但窗外卻漆黑一片，什麼也沒有。接著一陣陰風向他襲來，還飄來古怪的聲音，聽得他毛骨悚然。那是兩種悠長而細銳的吟聲，一聲「噓」，一聲「呵」，一聲「噓」，一聲「呵」……然後腳步聲停在他空洞的窗前，他嚇昏過去，第二天發高燒大病一場。

他說：「家裏的老僕後來告訴我，我遇上一對夫婦鬼，夫婦鬼對話的時候，就是一個說『噓』，一個說『呵』。」

徐訏口口聲聲說這是真事，我倒懷疑是他編出來嚇嚇我的。不管是真是假，這種「夫婦鬼」也只有徐訏才遇得上，或者說，也只有他才編得出來，因為他骨子裏有那生活磨不損，歲月埋不掉的一點柔情。

可是另一方面，徐訏對現實也看得很透徹，他有時候真像個看破紅塵老僧，他說：「鍾玲啊！別人認為文學家對社會有什麼大影響，說穿了，歷史的潮流是其他力量推動的，文學只是被潮流帶動著走。要是哪個寫文章的自以為改創了時代。那只是他的幻想！」

儘管如此說，他從來沒放下他的筆，他可執著得緊哪，有他的詩句為證：

沒有人叫我揹這個包袱，
沒有人要我攀登山頂，
只因為我出世的一天，
注定我要走這段路徑。

——〈注定的路徑〉，《原野的呼聲》

三、蓮花

去年冬天，《時報周刊》的發行人鄭淑敏經過香港，請一些《時報》的撰稿人晚餐，也請了徐訏、金銓和我，金銓剛巧去了國外參加影展，因此徐訏跟我約好在香港天星碼頭碰面，一同去灣仔的飯館。不巧正趕上下班的時候，等了半個小時，也搭不到計程車。徐訏說：「我們坐電車去罷。」

電車雖然很滿，還是擠上去了。車上又擠又鬧，耳中嗡嗡響著廣東話拖得又長又響的尾音，電車叮叮噹噹地叫著，穿過人隙，看見滿街鑽動的人頭，洶洶湧湧，一城的燈都亮了。

我禁不住說：「香港真熱鬧。真活躍！」

徐訏出乎意外地這麼答我：「其實，這裏安靜得很。」

我抬頭問他：「怎麼會呢？」

他笑笑說：「到了我的年齡你就體會得出來了。」

我不解地望著他，他眼眶下有一圈圈的皺紋，但是他的雙眼，卻帶著一絲笑意，充滿了寧靜。我開始覺得這充塞著喧嘩和煙塵的空氣，像下過一陣雨，逐漸澄清起來。

《中國時報》，一九八〇年十月二十八日

《鈴瑲花》背後一段情

二〇〇四年春，香港浸會大學第一次辦駐校作家活動，請來作家陳映真。這次他在香港逗留兩個半月，頗引起一番騷動。我不用「旋風」來形容，因為旋風吹散後，大氣又歸平靜。陳映真來訪應如秋季滾滾的潮頭，大潮退後，依舊浪打海岸。天地圖書公司出版、由劉紹銘編的《鈴瑲花：陳映真自選集》就是一波波後浪之一。

仗義出版首作

這本書不只是一本選集那麼簡單，其出版背後是一則騷動的、人性的故事，是一位俠義精神者與一位政治理念主義者兩人磨擦出來的火焰。

劉紹銘乃性情中人，具強烈的正義感與家國情懷，他對該做的事，尤其是主持正義，真的是義無反顧，是位俠義精神的實踐者。陳映真信奉他的社會主義，由少年時

期到二〇〇四年的今天，五十多年來一直堅信其正面性，不受外在政治局勢變化之影響，不受挫折之影響，所以是位政治理念上的理想主義者。

他們之間第一次火焰點燃於一九七二年。一九六六年陳映真入獄。劉紹銘與他素不相識，卻一肩挑起編輯陳映真第一本小說集《陳映真選集》（香港，小草出版社，一九七二年）。他這麼做，想是基於義憤，也基於他對陳映真作品表現之人道主義的讚賞。

陳映真在一九七五年出獄後才看到、摸到這本選集，他的第一本書。讀了劉為此集寫的序，陳說：「他的語氣平和，但我讀之卻感覺到一種冷眼睥睨權力威暴的正氣，他仗義放言論文的俠骨真情。」劉紹銘編書時，持千山獨行，伸天地正氣的精神，情懷必然激盪；陳映真捧書讀序，情懷也一樣地激盪。

座談會重提淵源

他們之間的這種激盪一直到三十年後仍然搖晃著浸會大學文學院。陳映真、陳麗娜夫婦於二〇〇四年二月十五日抵港，在那之前籌備期間，我已獲知陳的身體狀況極需維護及注意，他的心臟有各種問題，除了裝有起搏器還犯缺氧，隨時會發作，會因無力而暈倒。因此我們決定，除了正式安排的活動，不排訪問、不排應酬。

但香港文化界對陳映真異常熱情，要訪問他的，要請他客的，多到文學院幾乎應付不過來，也只好一一得罪。那時我已知道劉紹銘編陳第一本書的淵源，所以請他擔任四月十四日陳映真一場演講的主持人，劉欣然同意，但我完全不知道他是等不到四月的。

二月十五日，陳映真步入機場接機大堂時，我看見他步履遲緩，臉部有些虛腫，令我更加驚覺，怕已排的正式活動會令他太勞累。第二天晚上在魯迅節開幕式完畢後，送陳氏夫婦回住處時，他就提到當年劉為他編書、出書的事，他很感激。

抵港第三天在陳映真歡迎茶會上，他對近百位文藝界的貴賓又談起他第一本書的故事。他說作家都非常期待，非常珍惜自己第一本書，但他第一本書出的時候，人在獄中，根本不知道書已出了。

探監的四弟試圖打暗語告訴他選集在香港出版的事，他不明所以，後來四弟又在家書中打暗號給他：「最近有程燕珍的小說選集出版」，他才恍然大悟。我心想他對劉紹銘感念得緊呢！兩天後我接到劉紹銘的電話，問起陳的活動、陳的健康，我悟到這

兩個人「相思情深」，我還是趕快牽線才好。

三十年後喜重逢

二月二十日，陳映真出席魯迅節的座談會「我看魯迅」，過後，與主辦單位及其他講者共進晚餐。我拿起手機，撥劉紹銘家的電話，我說：「陳映真就坐我旁邊，你跟他說話吧。」他答：「好啊，好！」聲音透著欣悅；我告訴旁邊的陳映真，劉紹銘要跟他說話，他眼神閃出驚喜。他問過安以後，就對著電話殷殷傾訴那段「程燕珍」的往事，臉上泛的紅潮顏色更深了。然後他們相約見面。

二〇〇四年他們燃燒的友誼，與歲月的煎逼有關。兩人都年近七十了。陳映真口中說過，筆下也寫過二〇〇二年他心臟病發作，心跳都停止了，又救了回來，之後他才切膚感到人生無常，活著如果不做該做的事，走了就不再有機會，留下不能彌補的遺憾，所以在香港他會巴巴急於見劉紹銘，好親自向他致謝。

的確我們該感謝的，或是該致歉的，應該有機會就快點做。

而劉紹銘正在替天地圖書公司主編《當代散文典藏》與《當代小說典藏》，於是推出這本《鈴瑺花：陳映真自選集》。相信劉紹銘是在無比欣慰的心情下編這本書，因為他們重逢的喜悅，也因為作者三十年來一直堅持他的理想和人道主義，令劉服氣。

充滿人道主義

這本選集設計大方，編排合宜，選文又充分反映人道主義情懷，看似無奇，但當你細讀陳映真的〈序〉和劉紹銘的〈導言：孤懷抗俗〉，你才知道感人的小說文本背後，還有感人的人生故事，還有編者與作者之間情懷激盪的相知相許。

正如同小說《鈴瑺花》的前大半部，平實無奇，描述兩個在台灣鄉下小學五年級的學生，逃課的種種頑皮事，直到小說最後六頁，逃亡的高東茂老師在山洞中出現，人生故事的力度才驚濤裂岸，動人淚下。

二〇〇三年八月十四日

與也斯共事的歲月

一九八〇年代我在香港大學教書，曾與也斯共事五年。行政上他屬英文系，我屬中文系，但實質上我們同是翻譯課程的老師。那時的翻譯學士課程由中文系四位老師、英文系四位老師共同負責。

那幾年中文系的陳炳良、也斯與我，三人常常同去銅鑼灣晚餐。陳炳良的資歷比也斯與我都高，但他對我們兩個很愛護。陳炳良是中國古典文學科班出身，他的博士卻是在美國唸的，所以對西方文學理論有深入的研究，也正因為如此，他對學比較文學的也斯和我，不僅理解，三個人也能互相欣賞。他更特別喜歡作家，因此他就自然而然擔任學術界稀有動物作家的保護人了。常常提點我們人情世故。

說到三人一組進餐，其實是師徒的組合。他們兩人都是美食家，我的味覺一般，所以是跟著吃、跟著享受。我們總是光顧一家叫北海漁村的餐館。由他們二人決定點什麼菜，重點是點那一種「斑」魚，至於紅酒就是由也斯來點。

當我們喝得有一點醺醺然，酒的醇香在舌上流動，蒸魚的鮮味在桌面上繚繞，我們三個笑得很開心，想到什麼就說什麼，這就是那幾年我們三個人的精神國度，甚至是某一種烏托邦，因為我們生活在一個封閉的、傳統而守舊的制度裏。

也斯也很好客，多次邀陳炳良與我到他銅鑼灣的家晚餐，也斯母親的手藝高超，怪不得兒子的味覺精緻。還認識到也斯太太吳煦斌。也斯笑得開心時，整個臉都是盛放的，吳煦斌則兩頰紅紅的，笑得有點羞澀。夫妻二人都文采燦爛，創作上視野前衛而廣闊。

驚聞也斯離開我們了。陳炳良在加州養病，兩位老友一位陰陽兩隔，一位遠在天涯，我在台灣南國想念你們。

二〇一三年一月八日

《明報》，二〇一三年一月十二日

溫厚的陳炳良教授

一九八〇年代，我有幸成為陳炳良教授香港大學的同事，對他溫厚可親的性情，貫通中西的學養，深深體會，也衷心佩服。一九八二年我應聘到港大中文系（英制）為講師，開英中翻譯、現代中國文學、台灣文學方面的課程。我搬進了陸佑堂東翼二樓中文系的老師辦公室，單人房，面對中庭。陸佑堂是港大最老的建築之一，建於一九一二年。而炳良的辦公室在東翼同一區，常常進出辦公室會遇見他。陸佑堂像時光隧道，真正令人感到處身於英國殖民地，一塵不染的鋪磚地和穿風的拱形廊，溽暑也有清涼的感覺；我的房間也有上拱下直的玻璃格窗，和年久吱吱作響的厚地板。炳良皮膚白皙、微微發福，總穿寬鬆的白襯衫和西裝褲，一副和周遭環境配合、悠閒舒適的樣子。

放眼二十世紀後期港、台、美國之中國文學學界的華人學者之中，很少人真正能夠學貫中西，炳良就是其中一位。學者之成型通常取決於他在本科和碩、博士班那九年十年之研讀，炳良之能學貫中西由他學習過程可見端倪。根據他出版於一九八五年的第一本學術專書《神話、禮儀、文學》的〈自序〉，他一九五四年高中畢業後到台灣大學中文系就讀了一年，跟王叔岷、吳相湘等教授學習考據、校勘；一九五六年重考入香港大學中文系，跟劉百閔、羅香林、唐君毅等教授學習中國文化中的文史哲傳統。可見他在國學方面的訓練非常全面和扎實。

一九六六年炳良到美國耶魯大學修讀中國文學碩士，次年修讀必修科之一「比較文學入門」，由傅漢思 **Hans Frankel** 教授授課。一九六七年正是我赴美國威斯康辛大學麥迪生校區就讀比較文學碩士的第一年。雖然我比他小十歲，但是到美國讀研究所只先後差一年，那是因為炳良重考大學及在中學教過書的緣故。因此我們接觸和學習的同是當時美國比較文學學術界的顯學，即新批評 **New Criticism**、心理分析和神話儀式學 **Myth and Ritual**。回港之後幾十年，炳良把神話儀式學和心理分析應用到研究當代文學作品上，發揮得淋漓盡致，在當代比較文學學者之中，無出其右者。而他的博士論文指導教授是李田意教授，一九六九年李教授受聘於俄亥俄大學，炳良也跟著轉學，所以他的博士學位是由俄亥俄大學頒發的。李田意教授的專長其中之一是中國傳統小

說，相信炳良之後主要以小說體為其研究之文本，是受老師的影響。

炳良、也斯和我三個人成為同進同出的好朋友，相信也和炳良的學術研究有間接的關係。炳良寫了第一本書以後，他大多以當代作家作品的文本為研究對象，最膾炙人口的是研究張愛玲小說的文章。一九八〇年代也斯在港大英文系任教，然而他跟我都是在中文系和英文系合作的翻譯學士課程授課；也斯和我都發表小說、散文和詩歌，相信炳良愛屋及烏，對我們兩個文本創作者自然產生興趣，就特別照顧。也斯初獲美國加州大學聖地牙哥校區的比較文學博士，我由威斯康辛大學獲比較文學博士後，在紐約州立大學艾伯尼校區任教五年才來香港，所以說我們兩人熟悉的是美國的學術制度和人際關係，初到香港任教不太了解本地英國高等教育的學制和人事，有時會踩了線、或忽略了該注意的事，炳良會一一提點我們。

我們三個人差不多每個月都會到銅鑼灣的天天漁港海鮮餐廳享受一頓美味，並開一瓶紅酒。慣例一定會點一道清蒸石斑魚，他們兩位都是道地的美食家，教我細嚼嫩滑的魚肉，把魚汁淋在白色珠玉般的飯上，無比鮮美。我跟著他們吃，嘴也吃刁了，一直到現在，除非是清蒸石斑魚，要我吃其他魚都會心不甘、情不願。喝了紅酒三個人都有點醺醺然，海闊天空什麼都談，也斯和我胸中有什麼塊壘都會吐出來，炳良像是我們的大哥，也像是心理醫師，寬容地傾聽，說一兩句話，我們就恍然大悟。之後我們三人都離開了港大，先是一九八九年我去了台灣中山大學，也斯和炳良先後去了嶺南大學。好友是一有機會就相聚的，我在中山大學任教，就請他來演講，他在嶺南大學辦學術會議，就找我參加。二〇〇一年炳良由嶺南大學退休後，搬去美國，而我由台灣回到香港浸會大學任職，每次他由美國回香港，也斯和我都會跟他續前緣，到海鮮餐廳吃一頓，點清蒸石斑，開一瓶紅酒。而今兩位都已經在另外一個世界了。

在我任職香港大學那七年（一九八二至一九八九），是短篇小說創作的豐收期。很感激炳良把我的小說和詩歌作為他學術研究的對象，他先後寫過四篇論文分析我的單一作品：小說〈女詩人之死〉（〈照花前後鏡——試析鍾玲的《女詩人之死》〉，收在陳炳良一九八八年出版的論文集《照花前後鏡：香港、魯迅、現代》）；我的小說〈望安〉（〈三菱鏡下看望安〉，《聯合文學》，一九九九年四月）；我的詩作〈焚書人〉（〈傳統的遞嬗：鍾玲〈焚書人〉到漢樂府〈有所思〉，《藍星詩刊》，一九八九年四月）；及我的詩作〈打鼓山之歌〉（〈鍾玲〈打鼓山之歌〉試析〉，《香港文學》，一九八九年七月）。我真

的引他為知己，因為在二十世紀後期，台灣和大陸作家的作品是以寫實為大方向，從現實生活來反映人與人之間的關係和社會、國族的議題。而我卻專注在夢世界、人的潛意識、人和大地的關係上。因為不是主流，注意的人不多，而炳良由心理分析和神話儀式學來詮釋我的作品，正中目標，我當然引他為知己。

我在一九九二年出版的第一本短篇小說集《生死冤家》，就請炳良寫序，他的序文對我作品的評論，不論是大方向的概述或是細部分析都切中要點。他是引用邵窩忒 Elaine Showalter 的觀點來評論我整體小說、詩歌作品，說「鍾玲已經變成了一個完完全全的女性主義作家」，而女性主義研究是歐美學術界一九八〇年代的顯學，此序作於一九九一年，可見炳良對西方文學理論的研究是與時並進的。在小說〈望安〉裏，女主角胡麗麗和她丈夫因為望安島的荒蕪之美和尋根的歷程，兩人結束冷戰，在野草地上做愛，胡麗麗遂生求孕之心，炳良說：「胡麗麗進入無人地帶經歷了內心的掙扎進行了聖婚得到了啟悟／自我的發現」，並與大地增殖女神得墨爾 Demeter 的故事相似，是「敍述生殖能力失而復得的故事」。在此炳良用神話儀式學的觀念來評析〈望安〉，真是深得我心。他還能點出一些我自己只知其然，不知其所以然的地方，像是他認為〈女詩人之死〉小說通篇表現了水仙子自戀情結。我寫這篇小說的時候，只用心表現一位美國女留學生內心的糾結，看了他的評論，再讀自己小說一遍，發現女主角的確表現了濃厚的自戀情結。至今他仍然是唯一透徹了解我短篇小說的評論家。

作為一位文學研究的學者，陳炳良教授學貫中西，根基深厚，能另闢蹊徑，引用西方的文學理論，以獨到的眼光、深入的見解，來評析當代中國、港、台作家的作品。作為朋友，炳良以兄長式的愛護、洞悉世情的智慧、溫厚持平的態度、及時雨般的援引，相待稍微年幼的文人。他像是冬日的陽光，透過寒冷的大氣，溫暖人心。

《香港文學》，二〇一八年五月號總第四〇一期

恩如海：劉紹銘教授

一九六七年初我在台灣大學讀外文研究所碩士班，那時已經向美國幾間大學申請讀比較文學碩士，因為我的志向本來就是從事比較文學研究。我喜歡風氣開放的校園，所以申請了三間著名的州立大學，長春藤大學連一間也沒有申請。在那個年代，台灣的留學生能獲得著名大學的入學許可已經不錯了，海外文科生要第一年就獲得獎學金，難上加難。

我居然獲得威斯康辛大學麥迪生校區比較文學系的獎學金六百美元，加上免學費。但是只靠這些，我仍然無法赴美，因為生活費沒有著落。於是個性積極的我寫了一封信去威大比較文學系，問是否有其他獎助？否則無法來就讀。意想不到，兩週後收到該系劉紹銘 **Joseph Lau** 教授的回信，劉教授是該系唯一研究中國和西方比較文學的教授，他說，他幫我申請到獎學金了，做他的研究助教，就是研究助教獎學金 **research assistantship**。我覺得運氣太好了，寫了感謝信給他。九月赴美到威斯康辛大學入學。

我對劉教授的古道熱腸，心存深深的感激。

五十多年以後的今天，我感到自己只看到事情的表面，沒有探索深層的、撲朔迷離的東西，就是神秘莫測的命運。首先，一九六〇年代中期美國大約有十間大學的比較文學系、或比較文學碩博士課程，會招收做東方、西方文學比較研究的研究生。為什麼我選的三間偏偏就含威斯康辛大學？第二，劉教授一九六六年秋獲得印地安那大學比較文學博士，即到威大出任助理教授，在威大比較文學系只教兩年，一九六八年秋就離開威大到香港任教。那兩年的第一年他處理了我的申請案，第二年可以考核我的學業成績。我想正因為一九六六年年底是他審查我的申請，見到我學業成績優異，而且已經在《文星》發表小說，在《中央日報》副刊發表散文，大概在我身上看到潛能，才提拔我，推薦免學費和六百元獎學金，繼而幫我向大學申請到研究助教獎學金。如果我早一年申請，就不會碰上劉教授；如果劉教授到其他地方任教，我也不會碰上他。那麼多的巧合！

劉教授是一隻漂鳥，一九六四年他在印地安那大學通過了博士綜合考試後，覓得大學教職，一面教書，一面撰寫博士論文，第一年在邁阿密州立大學，第二年轉到夏威夷大學，兩年間寫完了博士論文，第三年應聘到威斯康辛大學。他一年換一個教職，

這三間大學都要續聘他，他卻飛走了。名副其實的漂鳥個性，但是這隻漂鳥之飛翔是為了落地。因為他思念香港，做夢也想學成回家園教書，教育下一代。一九六六年春他在夏威夷大學任職，即將獲得博士學位，他聽說香港中文大學和威斯康辛大學有職缺，就兩邊都申請。但是威大下了聘書，中大卻遲遲沒有決定，他說：「威斯康辛雖說是美國名學府，但香港是我的家，離開已五年了，如果此時（中文大學）聯合書院正式通知我說我已被錄用，則我會毫無考慮的回香港。」（〈童年雜憶〉，《吃馬鈴薯的日子》，台北：大地，一九八六，二〇七至二〇八頁）

如果那時是中文大學先發聘書，我就不可能遇上劉教授。你看命運是不是由許多點組成的線？缺了一點，都畫不成那條線。我就那麼幸運，一顆點也不缺。能夠遇上劉教授，得到他的幫助，才得以彩色繪出我生命的線條。

劉教授給我的幫助，不是替我爭取到助教獎學金那麼簡單。一九六七年九月我到威大梵海斯大樓九樓的比較文學系，初次面見指導教授劉紹銘。他戴著深度近視厚片眼鏡，外貌溫文，性子卻急，還透露一點神經質。我的第一份研究助教工作，是他交給我一本一九六四年版的 *The Golden Casket: Chinese Novellas of Two Millennia*（金匣：兩千年中國小說），要我把全書小說的中文原典出處找出來。這書原是中國古代故事的德文譯本，為普及讀物，他交給我的書卻是由德文翻成英文的再翻譯。因為附有羅馬拼音的書目，我又在東海大學選過、旁聽過十門中文系的課，很快查出這些故事出自《戰國策》、《史記》、唐傳奇、《剪燈新話》、《聊齋志異》等，接著對照中文原典，查出每一篇的中文篇名。

三個星期後我拿著四十六篇翻譯小說的中文出處報告交給他，問：「劉教授，請問接下做什麼？」

他抬起頭望著我說：「什麼都不需要做。只要你用心把書唸好。」

我愣在他前面。原來他為了讓我安心攻讀學位才申請這份研究助教工作，根本不是為了找自己學術研究的助理，純粹為了幫助人，竟然有這種捨棄自己應得好處的幫人法！他這次助人之舉，像是禪宗公案，我一直參到今天。

於是我可以全力衝刺第一學期選的三門課，其中一門是「西方傳統文學經典（一）」一門課要讀八部西方文學源頭的經典，都是大部頭的英譯本：荷馬史詩《伊利亞德》、希臘三大悲劇家的劇作、維吉爾的羅馬史詩《埃涅阿斯紀》、但丁的《神曲》等。要不是劉教授豁免了我的助教工作，真無法讀完這麼多作品，無法準備好每次上課的口頭報告。第一個學期三門課都拿了A，向劉教授證明他沒有幫錯人。他只帶我一年就在

一九六八年秋到香港中文大學赴任。劉教授幫人幫得非常徹底，走前把我托孤給系上研究日本文學的比較文學學者孔亞瑟 Arthur Kunst 教授。孔教授也是守信之人，我在威大第二年，他聘我為他的教學助教 teaching assistant，第三年、第四年幫我爭取到福特獎學金。孔教授把我一直帶到博士畢業。

那麼劉教授幫助人為什麼會如此慷慨體貼呢？絕對不是因為他家庭富裕，慷慨慣了。由劉紹銘的著作《吃馬鈴薯的日子》和《馬料水書簡》知道，他的求學之路有多艱苦！在大陸讀小學的時候，做叫賣報童補貼家用，十四歲到香港依伯父為生，讀完小學，讀聖類斯中學初中一年級時，因為伯父生意失敗，他不得不輟學打工，做過印刷店學徒，計程車大夜班接線生，十九歲在二手書店做店員，還到私校當英文黑市教員，同時他在報紙上寫雜文。他全憑自修，竟然可以到中學教英文。二十三歲以自修生身份考取英文專科私校之 Form 5，等於跳了三級到高中二年級。四個月後以優異成績，保送考香港教育司主辦的英文會考，合格後又考上台灣大學在香港的招生，入台大外文系一年級就讀。他由小學一路到美國第一年留學，經濟上都非常拮据，為什麼自己歷盡艱辛，幫起人來卻如此大方呢？

因為劉教授是一位懂得感恩的人。他十七、八歲時，當計程車大夜班接線生，日夜顛倒，累壞身體，得了肺結核病。幸虧一位朋友幫忙治病，因為劉紹銘是《香港時報》副刊的作者，認識了該報電訊組的翻譯楊際光，楊自掏腰包，買美國的結核病新特效藥，幫劉打針近半年才痊癒。因此他念念不忘這位朋友的恩德。他台大畢業後，申請到華盛頓大學（西雅圖）的入學許可，但卻沒有申請到獎學金。在身無分文之下，向好朋友求援，他的船票和學費，是窮朋友、窮同學合力捐助的。大概劉教授為了報答這些真心幫助過他的朋友，採用了幫助他人的方式來回報。而我成為他感恩圖報之舉的受益者。

但是這仍然不能解釋何以劉教授不僅不求回報，而且犧牲自己利益來幫助我！我想應該跟他的信念有關。他令我聯想到古代的俠客。放在中國和西方文化傳統中來討論「俠」觀念，最早的是劉若愚，一九六七年由 Routledge 出版他的專書 *The Chinese Knight-errant*。劉紹銘提到這本書和馬幼垣的〈話本小說裏的俠〉（劉紹銘，《風簷展書讀》，九歌，一九八一，一〇八頁）劉教授自己也寫一篇學術論文 "The Courage To Be: Suicide as Self-fulfillment in Chinese History and Literature"，討論為助成大業而自裁的義士，如春秋末期為幫助荊軻刺秦而自刎的田光和樊於期。

劉教授應該是遠慕古代俠士，起而行義，做個現代獨行俠。他說，「俠」是仗義而

扶弱抑強者，代表一種「情性和品格」。（《風簷展書讀》，一〇五頁）他天生骨子裏就有俠氣，因此他協助我們這些有志學習卻缺乏經濟支援的學子。因此文化大革命期間他振臂高呼香港知識分子應該負起歷史的任務：「只要我們記憶存在的一天，我們不會讓任何黨派的領袖故意顛倒是非，混淆黑白。因此我們會寫文章的人，該多著書立說，向歷史交代。」（《與良心的對白》，文藝書屋，一九六九，二二七頁）因此他無懼於美國學術界注重學術論文的鐵條，花許多時間做不受重視的翻譯和編輯工作，他要把中國古典文學、現當代文學英譯出書，搭橋讓西方人了解我們。因此他在美國任教，聲譽正隆，卻回香港嶺南大學培養家鄉英才，一直教到退休。

最喜歡看到劉教授臉上一種表情。二〇〇三年我到香港浸會大學任文學院院長，到了年底，劉教授在美國任職期間教過的學生們，會由香港各大學進入新界屯門，跟已經退休的老師到海天酒家聚餐，一年一會，有科技大學的呂宗力、中文大學的危令敦、嶺南大學的李東輝、浸會大學的我和陳致。呂宗力每次都帶來劉教授最愛品的紅酒。大家嚐到鮮美無倫的燕石斑，劉教授啜一口紅酒，面對眾學生朝他微笑的臉，他醺醺然地抿嘴瞇眼一笑，我最喜歡看到的，就是劉教授臉上這種表情。

前排右起，劉紹銘教授、鍾玲；呂宗力（後排右二）、危令敦（後排右三）、陳致（後排左一）

恩之網：鄭樹森教授

我在高等教育界的事業，二〇〇三年是個轉捩點。二〇〇二到二〇〇三學年新設立的高雄大學把我由中山大學借調過去任教務長。就是二〇〇三年秋天香港浸會大學聘我為文學院院長，從此我由教學轉做學術行政，在香港和澳門高教界的管理層任職，還當過協理副校長、書院院長。不像在台灣，歐美和港澳很多大學的學院院長屬全職，不需要教課，負責掌控預算，提升學院的水準，發展學院的特色。

為什麼浸大會到台灣把我「挖角」過去呢？都因為鄭樹森教授，他是我的貴人。因為浸大文學院院長黎翠珍屆齡退休，校長吳清輝急著找人，跟他相熟的鄭樹森推薦我。吳校長一看我履歷：學術方面扎實；具國際經驗，在美國、香港、台灣的大學都任教過；行政方面系主任、院長、教務長都當過；是適當的候選人。於是在二〇〇三年夏沙士冠狀病毒肆虐的時刻，我飛到香港面試，九月上任。

為什麼鄭樹森會推薦我呢？先說遠因。早在一九七〇年代初鄭樹森就跟我是同仁。

我們同屬「星座詩社」，這社團是在台灣讀大學的僑生組成，包括王潤華、淡瑩、林綠、陳慧樺、鄭樹森等。因為潤華、淡瑩是我在威大讀研究所時的好友，他們拉我進詩社。在一九八〇年代初鄭樹森和我又是香港《八方》雜誌編輯社的同仁，他推介我進《八方》，其他同仁為香港文學藝術界一時之選：戴天、林年同、黃繼持、盧瑋鑾（小思）、古蒼梧、文樓等。還有他知道吳校長在找一位能辦大型文學活動的院長，鄭樹森一定觀察我任中山大學文學院院長期間（一九九七年到二〇〇〇年）舉辦的活動，如「重九的午後：余光中作品研討會」中，也舉行詩歌朗誦、民謠演唱；在我辦學術會議時，也會插入文藝活動，如「海洋與文藝國際學術會議」中，加插海洋詩歌朗誦會、海洋攝影展。這應該是鄭樹森推薦我的原因。

他跟我還是同行，專業比較文學。但是這些都不是重點，重點是他常常做大事業，但是隱身不出面，只在幕後把事情推動成功。真是道家王者的風範：「生而不有，為而不恃，功成而弗居。」就拿我受聘浸大的事為例，不是我說出來，沒有人知道他的關鍵角色。其實他背後還做了許多大事。在政治大學讀西語系開始，就幫台灣的黨外人士奔走。常常幫忙重要的文學雜誌、出版社組稿，包括《大學雜誌》、《現代文學》、晨鐘出版社、萬年青叢書、允晨叢刊等。協助《印刻文學生活誌》的成立。給香港好幾位大

學校長出計策……

我任職香港浸大文學院那九年，看來成功創辦幾個大型文學活動：如今聞名的獎項——「紅樓夢獎：世界華文長篇小說獎」；每年邀請多位作家來港的國際作家工作坊；一年一度的詩歌朗誦會。這些成功的案例很大部分應歸功吳校長和鄭樹森。吳校長對文學活動特別熱衷，他張羅到經費。二〇〇四年請來的駐校作家陳映真，本來就是吳校長的知交。這些亮麗的活動背後鄭樹森付出很多心血，尤其是國際作家工作坊。

工作坊的兩大活動之一是，每年秋季請七到九位國際作家來駐校一個月，邀請的作家都要符合一個主題。然而策劃主題令我傷透腦筋，帶領一個近百位全職教師的文學院我已經費盡心力。但是有見多識廣、具國際觀瞻的鄭樹森作靠山，心定下來。我是用電話請教他的，常常一聊就一個半小時。二〇〇四年的主題「後殖民地英語國家的作者」、二〇〇五年「了解伊斯蘭世界及其作家」、二〇〇六年的「大自然寫作」等，都是這麼在電話線上跟他擬定的。接下來是請哪些作家呢？鄭樹森幫忙組成一個顧問委員會，有些顧問真的推薦不少適合的作家人選，這些文壇舉足輕重的顧問包括諾貝爾文學獎評審委員馬悅然、美國「愛荷華國際寫作計畫」主任基斯杜化．莫理爾、加勒比海巴巴多國際聞名的作家加穆．伯列維特，當然還有鄭樹森。

一九七九年在香港初見三十歲出頭的鄭博士，面如白玉的謙謙君子、蘊藏蓬勃的生機，把浸在電影業的我帶進文學社團。二〇〇三年他把我引進風生水起的香港高等教育界，那時他在香港科技大學推動人文學科，不時參加我在浸大舉辦的活動，穿著修裁合度的西裝，侃侃而談，記得有一次幫我成功對付刨根問底的記者。三年前我去香港跟退休的他餐聚，他神色輕鬆、精神飽滿。也許現在哪件文壇上風起雲湧的大事有他在背後策劃幫忙呢！

二〇二〇年八月十三日

二〇〇一年我由高雄中山大學到香港，跟朋友相聚。左起：鄭樹森、小思、鍾玲、高辛勇

家國天下事：胡菊人

我細讀胡菊人的文章，比認識他本人還早十年。當時我二十二歲，在台灣大學外文研究所讀碩士班。那篇文章就是登在一九六六年十一月號《明報月刊》之〈詩僧寒山的復活〉。此文導致我以寒山為題，寫碩士論文，影響我一生。十年後一九七七年我飛到香港跟胡金銓結婚，在婚宴上才見到菊人本人。

菊人的〈詩僧寒山的復活〉一文具有深度和廣度，廣度上跨越東方和西方時空的藩籬，深度上探討跨國文化轉移現象背後的原因。一九六〇年左右唐朝詩人寒山的詩歌被翻譯為英文，成為一本美國小說中的人物，寒山遂變成美國叛逆的一代 The Beat Generation 的偶像。菊人認為美國那一代青年，穿著方面衣衫襤褸，行為方面瘋瘋癲癲，跟一千二百年前的寒山在生活格調上相吻合，所以會把寒山認作偶像。我寫本文時，上網查到菊人的求學歷程艱苦，讀香港聖類斯中學時，當校役和教堂雜役工讀，後在珠海學院半工半讀，一九六一年二十八歲才畢業於英語系。也許他選讀英語系就是

為了擴充國際視野。一九五〇年代香港文化界自學苦讀，卓然有成的人還不少，除了菊人，還有劉紹銘老師、胡金銓。

讀菊人這篇文章時，我正在寫信去美國的大學申請進修比較文學碩士，也正思考以後研究比較文學的大方向。他這篇文章對我有重大的啟發，是的，我可以探討這類題目，有關中國傳統文化傳播至西方的案例。果然我在威斯康辛大學麥迪生校區完成的碩士論文，就是〈寒山：寒山詩歌和它在西方的接納過程〉，我的博士論文寫的則是〈肯尼斯．雷克羅斯 Kenneth Rexroth 和中國詩歌：翻譯、模仿、和改寫〉。我一生的學術研究都以美國作家的作品，如何吸收、融化中國文化傳統，作為主題和體裁。所以說〈詩僧寒山的復活〉一文對我的影響深遠。

一開始我是胡菊人著作的讀者，不久我們之間變成主編和作者的關係。他一九六八到一九八一年間主編《明報月刊》，一九六八年我在威斯康辛大學開始讀博士時，他把我一篇報導詩歌朗誦會的文章〈黑詩人黎燈〉登在《明報月刊》二月號，之後十多年我都提供小說、散文、詩歌稿子給他編的《明報月刊》和《百姓》半月刊。文學報刊的主編和作者之間會發展一種默契、一種互相欣賞，菊人和我就是這種關係。他編的雜誌呈現知識分子堅毅不屈的風骨，敢於批評時政，言論中肯，其中的歷史文章確鑿而真切，文學作品精彩而有啟發。他還擅長小說評論，著有《紅樓、水滸與小說藝術》（一九七七）和《小說技巧》（一九七九）。

一九七七年在香港見到菊人，他瘦瘦的，頭髮留長到耳下一寸，髮質柔軟。他流露濃厚的書生氣質，即使穿著襯衫、長褲，仍感覺好像穿了一襲飄然的長袍。金銓和菊人的交情很深，他們兩個加上詩人戴天，被稱為三劍客。三人都是香港著名的文化人，常常在一起痛飲論天下事。金銓跟我結婚以後，常帶著我到餐廳跟菊人、戴天相聚，或請他倆到我們位於新界的世界花園大廈的家裏便餐。我見過多次他們三人喝得醺醺然，醉眼朦朧，開心的大叫大笑。

因為我的博士論文是以美國詩人肯尼斯．雷克羅斯的作品為研究題材，一九七〇年夏我親自從威斯康辛州飛到加州去訪問雷克羅斯，於是跟他交了朋友，成為合作者，我們合作出過兩本中文翻成英文的古典詩歌翻譯集。一九七八年雷克羅斯旅居日本寫作，美國新聞處安排他在亞洲各大都會舉辦詩歌朗誦會。五月十日到十四日訪問香港。那期間金銓還在韓國拍攝《空山靈雨》和《山中傳奇》。我安排雷克羅斯五月十二日到我家來跟香港文友見面，包括胡菊人和劉美美夫婦、戴天等。最有趣的是他們的虛擬演奏。雷克羅斯朗誦他的詩歌時，一面用手指假裝彈鋼琴。因為菊人沒有帶古琴來，

所以就在桌上彈奏虛擬的古琴。他們彈奏完畢，我們一樣大聲喝采。

有一次在朋友家聚會，菊人跟我坐在地毯上聊天，兩人手裏拿著高腳酒杯，飲紅酒，我說：「我讀過魯迅的短篇小說〈藥〉，不論是結構還是象徵都非常高明。」

菊人高興地大聲說：「說對了！〈藥〉是五四運動以來那幾十年最好的中文短篇小說。短短一篇用了象徵手法，寫出中國的命運。」

我說：「更何況是一九一〇年代西方小說體剛剛傳進來的時候，太了不起了。」

從此我們見面常聊小說，他提醒我寫小說要注意敍事觀點，又提議我多寫極短篇小說，因為方便刊登在報刊雜誌上。我有許多極短篇都登在他主編的《百姓》上。

到一九八三年我出第一本小說集《輪迴》，由台灣的時報出版公司出書，就邀請菊人寫序文，從這篇序文可以看出他注重什麼內涵。書中有一短篇小說〈灰濛濛的愛河〉描寫一九六二年台灣一位女高中生，收到男同學的情書以後，被其他女同學開她玩笑的瑣碎事情。來上課的是一位年紀大的女老師，她中學的時候參加過一九一九年的五四運動遊行。女老師告訴同學，胡適前一天過世了，女同學們非常傷心，尤其因為胡適一死，她們跟波瀾壯闊大時代的關係就切斷了。菊人在序文中稱讚：「這個短篇有一股撼人的力量……讀了之後，使你的生命感忽然嚴肅起來，人生境界驀地提升起來。」我想菊人過譽這篇小說了，但更重要的是我們知道他注重的是：人生的意義、內心境界的提升，和家國天下事。

一九八九年我離開香港搬去台灣高雄，任職中山大學。菊人跟太太劉美美在一九九六年，香港回歸前一年，移民加拿大，從此我就沒有跟他通音訊。希望他們在加拿大的生活舒適愜意，菊人常在樹陰下悠然撫他的古琴。

《明報月刊》，二〇二二年十二月號

一九七八年五月肯尼斯·雷克羅斯在我家朗誦詩歌，後立者右起劉美美、戴天

在余光中老師於中文大學宿舍的家，胡菊人再次虛擬彈奏古琴

一九八一在我們家中招待路過香港的江青（右一），客人還有胡菊人（中）、蔡瀾

溫健騮的濃縮人生

在威斯康辛大學麥迪生校區做研究生時，放寒暑假，常常坐灰狗車，到愛荷華城聶華苓家住幾天。我是她的學生，東海大學二年級時旁聽她開的文學創作課。華苓帶著我聊人生。每次去都認識幾位港台作家，他們是來參加華苓和 **Paul Engle** 教授主持的愛荷華大學國際作家計畫。在研究所第二年，一九六八年秋，認識了香港詩人溫健騮（一九四四至一九七六）。

在愛荷華認識的瘂弦、鄭愁予是文壇明星，是我仰望的著名詩人，而溫健騮和我年齡相若，大我一歲，戴著黑框眼鏡，個子小小的，卻滿身活力、滿心理想、滿腔熱血，所以我們成為談詩論文的好朋友。他是廣東高鶴人，一九四九年隨父母到香港，他循劉紹銘、葉維廉的腳步，到台灣讀大學，一九六四年由政治大學外交系畢業。竟然不滿二十一歲就讀完大學，真是早慧早成，讀大學時已在《文星》發表作品。他的詩

〈星河無渡〉獲一九六四年台灣的菲律賓耕生文教水晶詩展首獎。〈星河無渡〉的詩風典雅磅礡：

聽崖下：水族悲歌
海塵生滅；若千年不雨
我無須仰望雲霓
只從你深深的眼色
就能汲取潤我的甘霖

一九七〇年我第一本書《赤足在草地上》文集在台北由志文出版社出書了，溫健騮坦率地批評我散文風格的毛病：「『赤』書以論文較勝。創作文字，仍不脫所謂紫色散文（purple prose）的毛病。頗多流行（在台灣）的 whimsicality，如『捕捉落日』……」

諍友本來應當如是，他評的對。而他到愛荷華之後的詩風靈動而富透視力，這首叫〈洛璣山所見〉，Rockies 是南北向跨越北美西部的大山脈：

現在，峽谷向下切得更狹更深了。
現在，我的足趾開展如森林了。
現在，青草已經佔據一個小女孩的盆骨了。
現在，所有的喉頭都被雪和狼哽噎住了。
現在，我們瞎了很久的眼睛開始向裏面看了。
看見的是一些風，一些流水和一些寒冷。

一九六八到一九七一年間他在愛荷華修畢藝術創作碩士MFA，也做聶華苓沈從文研究計畫的研究員。這期間他思想起了大轉變，對文化大革命起了憧憬，他說自己做了選擇，「是一種歷史方向的選擇，『認同』往往是以個人為出發點，但歷史方向卻是民族的……我的『中國問題』是：對於中國，自己能做些什麼？」（一九七一年十一月十五日來信）可見他的轉變是一種熱血的民族情懷。一九七一年我去愛荷華城時，看見行動派的他用心投入保釣運動，也為《盤古》雜誌向我拉稿，還努力為雜誌募款。那

時他有一位美國女友Marion。

一九七二年秋他進入位於紐約州的康乃爾大學中文系讀博士，我到艾伯尼的紐約州立大學任教，兩地距離不遠，他帶我遊玩山光水色迷人的康乃爾大學校園，沒有見過那個校園裏有這般翠綠的、深深的河谷。一九七三年十月台大外文研究所的老師朱立民教授來訪艾伯尼，我請於梨華和健騮作陪，在我家吃火鍋。沒有見過讀博士像健騮這般拼命的，十二個月裏修完博士班所有選課，還通過博士預考Comprehensive Examination。我想如此透支自已經種下了病根。他說博士論文計畫寫《金光大道》的作者浩然。

一九七四年三月我到紐約市開會，他邀我到紐約街頭漫步，陽光淡金，陣陣寒風中他緊緊裹在夾克、圍巾裏，健騮說：「我患鼻咽癌了。」

我叫道：「什麼？」

我望著他，鼻梁上端貼了一小片紗布，我想起去年年底他就開始住在紐約市朋友家，沒有住在康乃爾大學附近他租的房子。我問：「你是在紐約看病嗎？病嚴重嗎？」

他點點頭。意思是看病呢？還是嚴重呢？他不大說自己的事。

他瞥一下我，急促地說：「去年快要考博士預考的時候，就已經鼻子塞、鼻子痛了，有時還流一點血。我去看校醫，他說是鼻竇炎，誤診是鼻竇炎。在他那裏治療吃藥了半年，老看不好，去年年底才到紐約市的大醫院看，一下子就確診癌症。沒有耽誤那半年就好了。」

唉，庸醫害了我的朋友！害了詩壇！他略顯消瘦，但是精神不錯。那是我最後一次見他。不久他回香港，在剩下的兩年裏，他做了別人十年做的事。那兩年積極一個療程接一個療程地治療，又先後全職擔任《今日世界》出版社編輯和《時代生活》出版社編輯。一九七五年秋香港大學中文系聘他為全職講師。他還以一樣的熱誠繼續推動他的愛國文藝活動，同古兆申一起辦《盤古》，同文樓等創辦《文學與美術》雙月刊。此外，以他重病之身結婚成家，生有一女。

健騮在一九七五年十月十六日的來信中說：「我去年十二月底結婚。妻子是教傷殘兒童的，所以現在她多教一個，就是我。她清清楚楚知道我的病況，卻竟不介意，說要跟定我了。」語帶他典型的幽默。

健騮即使受病魔折磨，必然傾心愛他的妻子，這感動了她；他依舊對人生、家國

熱情付出，必然也感動了她。當他一九七六年六月離開的時候，短短三十二年的人生是飽滿的，滿載愛情、親情和友情。他的好友古兆申、黃繼持編輯《溫健騮卷》，一九八七年香港三聯出版。健騮不知道離開四個月以後文化大革命結束了。因為早逝，他免於思想上的混淆，也不需要做調整了。但是，熱血的民族情懷沒有遺憾、也長存不變。

二〇二一年七月二十日

《明報月刊》，二〇二二年十二月號

一九六九夏愛荷華大學國際寫作計畫的作家和港台的研究生在公園野餐，溫健騮（左一）、鄭愁予（左三）（鍾玲攝）

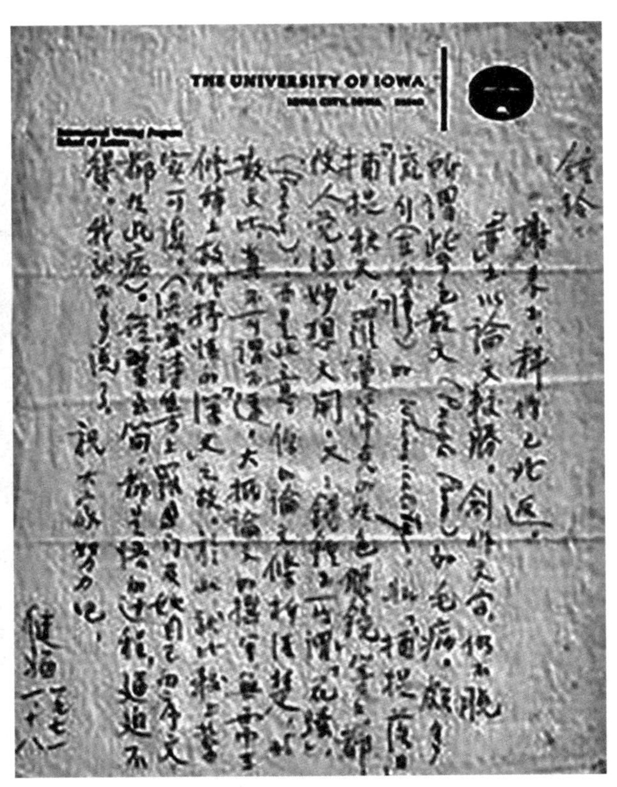

THE UNIVERSITY OF IOWA
IOWA CITY, IOWA

溫健騮一九七一年一月十八日來信

洛璣山所見

現在，峽谷向下切得更狹更深了。
現在，我的足趾間長如森林了。
現在，青草已經佔據一個小女孩子的盤骨了。
現在，所有的喉頭都被雪和狼哽噎住了。
現在，我們瞎了很久的眼睛開始向裏面看了。
看見的是一些風，一些流水和一些寒冷。

溫健騮詩作手稿的影印本

幾十年前的種子

一九七二年初春我在美國威斯康辛州的麥迪生城努力寫博士論文，寫到最後整合的階段。相對而言，比起之前四年的苦讀和考試，心情輕鬆了些，校園中樹木嫩綠盎然，心也活了。我去觀看威斯康辛大學中國同學會的娛樂表演活動，那時本校的中國同學會有會員四百人，沒有大陸來的留學生，全是台灣生和香港生，各佔一半，台灣來的都是研究生，香港來的大部分是大學部學生。

我在禮堂門邊跟生物化學系的研究生王敏賢說話，她來自香港，我們用粵語交談，她的男友曹宏威走過來，他也是生化系研究生，而且是同學會的副會長。曹宏威用破碎的、沒有人除了我聽的懂的國語跟我說話，我聽得懂，因為祖籍廣東番禺，從小家裏都講廣府話。我用國語問他：「你在學國語？」

他點頭說：「係啊，要跟同學會的會長說話，他台灣來的。」

我心中動了一念，用粵語說：「如果你們香港同學有想學國語的，我可以幫你們

開班。」

我告訴他，會免費開班，因為在威大的中國留學生中，通國語粵語二語的，恐怕只有我了，我不幫忙誰幫忙呢？曹宏威很能幹，號召了二十個香港同學，不久就開成國語班了。你會問，鍾玲是學文學的，又不是學語言學，怎麼敢開語文的課呢？因為我當過教學助教 teaching assistant，協助 Arthur Kunst 教授的兩門課，用英文翻譯本來教中國文學課和亞洲文學課，Kunst 教授在大班講課，我帶小組討論班。因為班上的美國學生都不通中文，所以中國作家的名字和中文文學術語要用羅馬拼音寫在黑板上。因此我熟悉三種拼音法：台灣用的威妥瑪系統、大陸的漢語拼音、耶魯拼音系統，於是我找到了教香港同學轉音的要訣。例如「表」、「跳」、「腰」、「笑」的粵語發音之母音是 "iu"，說國語就轉成 "iao"。又用唱歌的方式教四聲「媽痲馬罵」。

國語班辦了兩個月，每週一次。同學出席率高，他們學國語的主要目的是跟台灣來的同學溝通。那時大陸還處文化大革命期間，所以不是為了跟大陸人溝通。我把《明報月刊》上的文章影印給同學，一人讀一句，發音錯了，我就糾正，然後寫黑板教他們轉音。到課程結束的時候，他們沒有學到標準國語，但我擔保對方聽得懂他在說什麼。

時間就那麼流逝三十一年，二〇〇三年我由高雄的中山大學轉職到香港浸會大學

任文學院院長，沒想到國語班種下的種子竟然開出飄香的花。剛好國語班有兩位同學是我浸會大學的同事：經濟學家范耀鈞教授是大學的副校長，林建教授是財務系系主任。他們在浸會大學初次見到我時，按照當年戲稱我為「鍾老師！」我把那時上課拍的照片給他們看時，驚呼連連，茂髮變成禿頭，精瘦變成飽滿。原來他們兩位跟其他在港的國語班同學仍有聯繫，這張照片傳遍全班。不久梁家齊同學邀請國語班同學聚餐，梁家齊曾任香港期貨交易所主席。

餐聚時我問他們，當年在班上學的國語有沒有派上用場？個個都開心地點頭，原來當他們由威斯康辛大學學成回香港，才過兩、三年，文化大革命結束了，香港各行各業跟大陸的交流與合作頻繁起來，國語班同學佔了先機，全香港的廣東人沒有幾個人會說國語。范耀鈞就說，他到大陸各地參加學術會議，都用普通話發表論文，跟大陸學者交流，溝通沒有問題。其他香港學者的論文發表和發言，自以為說普通話，其實等於說廣東話，大陸學者一句也聽不懂。我種下的種子，也要碰上大環境的機緣，才會發芽成樹。

在香港那九年國語班每年聚一兩次，我旅居的遊子心得到一點溫暖。後來梁家齊另外組一個餐聚團，也邀我參加，他們都是威斯康辛大學的校友，都從事金融業、財經業，包括范耀鈞和林建，這組人馬每年聚餐兩三次。大概梁家齊想讓財經界和我這位文學界的人產生互動。宴席上財經精英常討論國際的、中國的、香港的財經走勢、可能的變化、解決方案，聽得我雲裏霧裏。但是我體會到國際的、一國的、一地的財經有多麼複雜和多變。

二〇一三年秋我應聘到澳門大學出任鄭裕彤書院的創院院長，其中一項職責是培育住院學生的人格。任職四年半期間我邀請不少專家來跟學生演説和交談，例如請李焯芬院士跟學生談當年讀中學的時候，為什麼決定將來學習水利工程？好讓學生培養遠大的志向。邀請作家王安憶、閻連科、徐小斌、駱以軍、甘耀明、葛亮，書畫家劉澤光等來開工作坊，培育學生的文化素質。我想國語班的財經專家一定可以幫到書院中管理學院的學生。

我跟梁家齊和林建用電郵溝通討論，決定了演講題目和來書院的時間。二〇一四年九月，金融專家梁家齊、林建、陳令紘、吳志軒、黃寶誠坐船由香港來澳門，到鄭裕彤書院舉辦論壇「金融風暴與金融道德」，聽講的同學有七十位。我找到一批熱心參與教育的財經界專家了！二〇一七年九月又請梁家齊、林建、陳令紘、馮宇翰來書院辦了論壇「除了計數，從商需要什麼素質？」論壇之前還舉行院長晚餐，同學通過報名

可以來書院的小宴會室參加晚宴，跟財經專家面對面討教。

這時距離在威斯康辛大學辦國語班已經四十五年了。種子發芽、成樹、開花、飄香。那種子就在我跟曹宏威說的「我可以幫你們開班」裏面，在我內心。那種子就是純粹的、不求回報的助人之心，國語班的同學感覺到了，幾十年後依然感應回報，所以我們能享受在香港、澳門的歡聚，所以我們可以合作培育下一代。

《明報月刊》，二〇二二年十月號

一九七二年國語班同學：鍾玲（前排）左邊梁家齊，左後梁天偉，右後范耀鈞，范後側頭者林建

國語班跟我二〇一二年聚會：後排范耀鈞（左一）、林建（左三）、梁家齊（左四）、曹宏威（右一），前排鍾玲（中）、王敏賢（右一）

從訂婚到結婚

一九七六年十一月二十日胡金銓和我在紐約市的月圓餐廳舉行訂婚宴，那時距離我們初次在紐約州立大學艾伯尼校園見面才不到一個月。金銓在紐約市的蒂芙尼店買了一枚小鑽戒送我。訂婚四十五天以後，於一九七七年二月五日我們在香港結婚。從相識到結婚才三個多月，空間上跨越兩大洲，可以算是閃電婚事。有緣遇上才華如此卓越的人，我滿心喜悅。

月圓餐廳訂婚宴上真是星光閃閃，移民到紐約來的，還有剛好路過的香港大明星都來了，包括李麗華、嚴俊、李湄、喬宏、江青、上官清華，可見胡金銓在電影圈中人緣好。一九五三年金銓二十一歲的時候，在《吃耳光的人》這部電影中擔任要角和陳設工作，該電影的導演、編劇、兼男主角就是嚴俊。到我們訂婚的時候，金銓跟嚴俊、李麗華、李湄的交情已經超過二十年了，在宴會現場他們都叫喚他「小胡！小胡！」看

得出他們把金銓當作小弟弟疼愛，小弟弟終於辦喜事了。

訂婚宴上文學界的著名人士也不少。活靈活現的夏志清和爽朗熱情的於梨華搶了電影明星很多風頭。為了寫這篇文章，我再次翻看訂婚宴的照片，發現出席的還有漢學家 Perry Link（林培瑞）、鄭愁予、李永平。林培瑞是金銓的好友，任教普林斯頓大學；鄭愁予當時在耶魯大學教書，他是我在威斯康辛大學做研究生時，到愛荷華城聶華苓家認識的文友，愁予夫婦跟我的知己好友陳曉薔一起由 New Haven 開車過來參加宴會；李永平在我任教的學校紐約州立大學艾柏尼校園比較文學系讀碩士，並且任我們中文系的教學助教。這一次訂婚宴約七十人出席，可以說是電影界和文學界的海外大匯流。

訂婚宴後胡金銓就飛回香港，因為他離開香港兩個月了，有很多事務要處理。尤其是訂婚消息上了報紙、傳媒後，不少投資者和片商找他拍片，大概覺得他獲得康城影展大獎，又成了家，拍片應該會穩穩當當。我則忙著把紐約州立大學那學期的課程教完，並且向大學請長假去香港展開不一樣的生活。一九七七年一月初我由紐約州艾伯尼飛去印度新德里跟胡金銓會合，因為他在第六屆印度國際影展擔任評審。評審團

的主席是大名鼎鼎的印度導演沙哲耶．雷，評審團的其他成員包括日本的黑澤明和美國的伊立亞．卡山 **Elia Kazan** 等。金銓得意的跟評審團成員介紹我：「鍾教授，我的未婚妻。（**Professor Chung, my fiancée.**）」

在宴會上胡金銓拉我到一位頭髮灰白的小老頭前把我介紹給他，對我說：「這位是卡山先生。」

因為在認識胡金銓以前，我不太了解電影業，影片也看的少，不知道他是哪位。看見卡山先生裂嘴對著我笑，我就說起客套話：「您是從事電影業嗎？」

在旁邊的胡金銓急得冒冷汗，卡山兩度獲得奧斯卡金像獎的最佳導演獎，導演的電影包括《岸上風雲》、《慾望街車》、《伊甸園東》等，也是著名的小說家，但他沒有對我的無知生氣，反而對我眨眨眼說：「呵，我有時候寫小說，偶爾也拍拍戲。」

我看見胡金銓直跟我使眼色，知道小老頭必然是個大人物，就跟他談我熟悉的創作，他還跟我詳細解釋製造橋段的秘訣，胡金銓聽了才放心走開。在新德里那十四天我過著眷屬的日子，金銓看競賽片子，我跟著看片子；金銓參加宴會，我跟著參加宴會；他一有時間我們就去印度傳統市場買東西。有件金色項鏈一年半後拍《山中傳奇》

時，被金銓修改成徐楓扮演的女鬼樂娘所用的頭飾；在印度市場買到的西藏法器成為《山中傳奇》和《空山靈雨》裏的道具。

一月中旬兩人由印度回到香港，我住進胡金銓的家，那是他在新界沙田火炭村山坡上租的平房，這個家我只住了三個月。我們購買了沙田隧道口的世界花園大廈單位，四月份搬了過去。這家非搬不可，租約幾個月後就到期，土地已經被政府收購。這個平房所在的山坡一年後夷平，成為日後的火炭地鐵站。這間大平房是雙拼建築，原本是間別墅，前面院子寬廣，後面是山坡，山坡上長滿蘆葦，蘆花擺動著白茫茫一片。雙拼平房另一邊住的鄰居就是喬宏和小金子夫婦一家大小，還有三隻大狼犬，所以整個院子瀰漫著狗味。小金子是賢妻良母型，除了照顧自己一家人，連胡金銓和我也一起照看，常常把她親手包的餃子送過來。

胡金銓的火炭住家最大的特色就是書房，家裏最大的一間不是客廳，而是書房。房中除了一面為落地窗，另外三面都裝了由地面到天花板的書架，中間一個大書桌，整間房連地板上也是書籍、文稿，書架上有各類參考書，中國各朝代歷史方面的、文物制度方面的書特別多。大部頭的《古今圖書集成》、《大英百科全書》則放在客廳。其

實胡金銓最大的嗜好就是讀書，不為什麼，就為了充實自己、就為了他對古代世界、當代事物充滿好奇、就為了他對中國文化的熱愛。所以他的錢大都用在買書上。他無時無刻、只要一有空閒就讀書。他是個純粹的讀書人和專注的藝術家，所以能在藝術上登峰造極，經營理財方面自然無暇著力。

他第二種嗜好是美食，因為常受邀參加宴席，所以嘗鮮機會特別多。我認識他的時候，身材已經吃的圓滾。另外一個嗜好是跟朋友聊天喝酒。金銓自己一個人是不喝酒的，也不跟我對酌，但是只要跟一堆文化界、學術界的朋友聚餐，一高興就一面喝酒，一面談天説地，滿席皆歡，不醉無歸。自從一九七七年一月中旬回到香港，他的應酬多，朋友多，只要人在香港，常常一個星期有兩、三天喝的半醉，由我開車回家。平常他不抽菸，但是心裏一煩就抽，譬如碰上拍片班子聘人的問題，或者看公文看不下去了，就會緊皺眉頭猛抽菸。多年下來喝酒和抽菸多少導致心臟血管阻塞，一九八〇年代後半葉為了健康，菸酒減少了，從那時開始做過幾次通波仔和裝支架手術。一九九七年一月十四日在台北榮民總醫院做心導管擴張手術失敗而過世。

我們在一九七七年二月五日結婚，上午在香港大會堂的婚姻註冊處登記，晚上宴客，婚宴只邀請少數親朋好友。我父母親，鍾漢波將軍和范永貞女士，從台灣高雄飛來香港參加婚禮。胡金銓父親早逝，他的母親和其他的家人都留在北京，代表家人參加婚禮的就是他六位結拜兄弟：老大馮毅和老二蔣光超都是演員，蔣光超的叔祖公為蔣百里將軍；老三就是大導演李翰祥；老四是馬連良的兒子馬力，後來從商事業有成；老五是導演宋存壽；老六為製片沈重；胡金銓是老么。在一九五〇年代初期他們七個來自北方的單身漢都住在九龍界限街一〇七號，共渡艱苦日子，結拜為兄弟，互相提攜。胡金銓的六位結拜兄長都參加了結婚典禮。忙進忙出張羅的是老六沈重。排行老三的李翰祥很疼愛老么，送給弟媳婦一套鑲碎鑽的項鍊和耳環，那晚的婚宴我穿著母親幫我訂做的天鵝絨紅旗袍，胸前就掛著李導演送的項鏈。

婚前婚後天天都忙碌，忙著跟投資者簽訂拍攝新片的合約；忙著寫劇本，胡金銓寫《空山靈雨》劇本，我寫《山中傳奇》劇本，我以前沒有寫過電影劇本，常常一邊寫一邊向他請教；還有忙著四月份的搬家；星期一到星期六我們天天一同到九龍又一村的金銓電影公司上班，胡金銓忙著籌備拍攝新片，我幫忙打雜公司業務；五月、六月金銓帶著製片和副導演飛去南韓找《空山靈雨》和《山中傳奇》的外景拍攝地點，我隨

隊去見識。三月一個星期天早上在火炭村的家，我們發現前院的櫻花樹竟然已經滿樹醉紅，我跟金銓說：「我身上這件粉紅衣服跟花的顏色很搭配呢！」胡金銓就進房拿出相機，幫素顏的我在花下拍了幾張特寫照，我想他抓住了我瞬間的內心世界。

一九七六年十一月訂婚宴，右起，嚴俊、夏志清、鍾玲、胡金銓、喬宏、李麗華、李湄

訂婚宴上紐約州立大學的同事和朋友，於梨華（右）、李永平（左）

印度國際影展宴會上的泰國皇族（左二）及印度影評人（右）

一九八〇年希臘塞薩洛尼基影展上，金銓和我跟伊利亞．卡山重逢

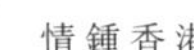

跟李翰祥張翠英夫婦攝於結婚宴之後，我戴著李導演送的項鏈和耳環

沙田火炭村住家的客廳，書架上的《古今圖書集成》和《大英百科全書》

一九七七年三月在新界火炭村住家前院，胡金銓攝

第二輯

一個美麗的香港人

自從香港大學黃校長提出「醜陋的香港人」這個名詞，我心裏常想，香港幾百萬人，總有不少例外的，這裏一定有崇高美麗的人格。今天卻偶然在台灣出的《時報周刊》海外版上，發現了這樣一位香港人，不論是他的精神，還是他的行動，都不愧「美麗」這兩個字。

台灣的東南端有個小島，叫蘭嶼，島上住的雅美族仍過著相當原始的生活。這裏地方偏遠，連電都沒有。三千個雅美人，只有一個醫生、三個護士。這位醫生就是來自香港的廖慶源。他才由台灣大學醫學院畢業，一九八〇年四月就志願到蘭嶼的衛生所來服務。

我們可以想像廖醫生在這個島上行醫有多艱苦！不但人手不足，醫療設備不夠，他還要跟雅美人的落後和迷信搏鬥。不少雅美人患了重病，卻因為不信西醫，不肯來治病。廖醫生就到病人家裏去，苦口婆心地勸家人放病人去醫治。勸之不聽，他就罵他們見死不救，罵到他們感到慚愧了，廖醫生即乘機同護士把病人「搶」走，用摩托車把他運到衛生所來。衛生所原來根本沒有收留病人的設備，但廖醫生覺得，把重病的人運去台灣以前，應該就近照顧。每當病人一多，他就把床讓出來，自己睡在地上。

廖醫生這個年輕人可真特別。他一反香港人的行徑，醫科畢了業，不開業「搵錢」，也不進大醫院工作，好建立自己的聲譽，卻到一個偏遠的小島上，跟貧窮、落後和疾病搏鬥。他在台灣大學醫學院讀了七年，卻不為台大醫科的黃金前途所動搖。要知道，台大醫科畢業生在台灣可是天之驕子，多少百萬富翁捧著女兒和嫁妝擠上門來，任他挑選。嫁奩通常包括附有全套傢俱的洋房一座，再加上一間附有全套開張設備的醫務所。

這樣一個特立獨行的人，卻絲毫不驕傲自大。相反地，他總是默默地、耐心地、二十四小時不停地為病人應診。他穿著汗衫，一條撕去下半截的牛仔褲，踏著一雙塑膠涼鞋，什麼雜事都做。問他為什麼選擇蘭嶼，他只謙虛地回答說：「我想每一個人都要去一個地方……每個地方都需要醫生。」

事實是，他挑了一個最艱難的場所來磨煉自己，他挑了一個最需要醫生的地方行醫。

在廖醫生簡陋的小房間裏，只有一張木板床，一張書桌和一些醫書。書桌上卻擺著一件觸目驚心的小東西，一隻手指大小的白珊瑚石上寫著幾個字：「非不能也，是不為也。」這簡簡單單八個字，令人領悟到廖醫生對自己的鞭策，還有他堅強的毅力。

在此我要向〈在蘭嶼認識的廖慶源醫師〉一文的作者蔣勳致謝。感謝他發掘了這個平凡而偉大的香港人。要不是蔣勳敏鋭的觀察力，生動的筆調和豐富的愛心，他怎能把這位沉默木訥的廖醫生描寫得那麼生動？把醫生的胸襟和行事，寫得呼之欲出？蔣勳在醫生的身上見到史懷哲的影子，廖醫生無比耐心地去工作，實踐了真正的愛，而我卻聯想到黑澤明的電影《紅鬍子》裏，那位為貧民治病，表面嚴苛，內心仁慈的鬍子俠醫。廖慶源，你這股傻勁真可愛，真難得。但願在漫長的未來歲月之中，你不放棄這種「具體的、行動的愛」。我雖然不認識你，我卻為你這位香港人而驕傲！

《明報》，一九八〇年十一月十三日

一片祥雲

這兩天接二連三發生了不少令我欣喜的事，使我對香港這個地方開始產生一種歸依的感覺。

話說一個夜晚，某位老師父帶著一個徒弟，一個徒孫，踏著月色入山。可別誤會了，我們不是胡金銓電影中的武林人物。中秋節之夜，我邀請周策縱先生及艾瑞凱一同到望夫山賞月。周先生是我以前在威斯康辛大學唸書時的老師，艾瑞凱是我當年在美國教書時的學生，難道這不是師父帶領著徒子徒孫？

我們爬到半山，在一道石板橋上坐下，凝望山頭的一輪明月。這時一對年輕夫婦帶著一個五六歲大的小孩爬上山來，他們在橋邊的石階上面對我們一字排開坐下。忽地艾瑞凱手上的燈籠撲一聲熄滅了，我們三個用國語說：「糟，火柴沒了。」那位坐在石階上的媽媽用廣東腔的國語對我們說：「我有火柴，給你們。」這簡直不可思議！在

香港，連光天化日走在大街上，也要緊緊抓住皮包，防人打劫，而在這黑黝黝的荒山上，四顧無人，他們三位跟我們三個竟能毫無機心地坐在一處，還伸出友善的手，這真奇妙。

後來我們三個又找到一個好地方。王維筆下的「明月松間照，清泉石上流」活生生地出現在我們眼前，我們爬上小山溪旁的岩石，仔細品味這清幽的景致。這塊岩石坐落在山徑旁邊，徑上踏月的山客絡繹不絕。艾瑞凱手上的燈籠映出她那張隆鼻藍眼的洋人臉。差不多每隊經過的人，都對她親切地用英文打招呼。艾瑞凱感動得不得了。她說：「我來香港六個月，這是第一次本地人主動地、親切地與我打招呼呢。」連警察也特別活潑。那兩位巡山的警察，每次見到我們三個都說些俏皮話，諸如「怎麼你們還沒有轉移陣地」之類。我望著紗般籠住明月的一縷薄雲，心想，今夜必定有一片祥雲覆蓋在香港之上，帶來這股祥和之氣。

第二天我去灣仔參加青文書局的開幕酒會。說起來會嚇人一跳，青文書局有七八十個股東！原來這是兩間大學八年來主辦青年文學獎的同學們，齊心合力，為了提倡創作，推廣文化，開辦了這個書局。悅目的青色書屋中，擠滿了祝賀的人群，看見他們那麼朝氣蓬勃地幹，真為香港有這些好青年而開心。酒會中見到劉美美，知道胡菊人辦的雜誌現在銷路很好，而且增加許多工商界人士的訂戶，真正打入了香港不同的階層，我心中不覺振奮起來。這雜誌和青文書局全憑創辦人的理想和苦幹。如今在香港不但能立住腳，而且辦得欣欣向榮。我想香港的文化花園總有一天會開出似錦的繁花。

《明報》，一九八一年九月十八日

香港覓玉記

二十世紀八十年代我在香港大學教書，那七年除了教書，見學生，就是回宿舍面對南太平洋的波光寫作。我的輕鬆休閒活動是去逛荷里活道的古董店和玉市。常常下了課就跳上小巴。然後走下陡直的石階到狹隘的荷里活道，傾斜的路兩旁羅列舊樓房，像水中倒影似的歪斜立著，古董店一家家，小店面，窄窄的門，我有如進入水底洞天去尋寶。

正如我的玉友何佑森教授所説，像我們這種孜孜於教學、寫學術論文的人，逛古董店是最好的休閒活動。看看古玉，有真有偽，慢慢辨識；與店老闆瞎聊，由他的閒話中，去了解古玉市場的新趨向和一般價格，還有可以現學現賣一些術語，如牛毛沁、生坑、玻璃光等。每次逛，不管買不買，都有細細的滿足感。

當然，最大的愉悦是通過香港的古董店，玉市的攤位，我接觸到中國古玉的世界。

一、白玉環

這是個小小的白玉環，一元港幣大小，厚只得半厘米。每一面雕了四個ᘓ狀的雲紋，環身給深褐的沁蝕得斑斑駁駁，應該是陪葬的水銀沁成的，可能是漢朝之物。但是按二十世紀九十年代的說法，根本沒有什麼水銀沁，深褐色是玉石中原來就含有的礦物質。總之，這不是什麼寶貝，雕工差強人意，玉質不夠細密。當年應該只是一組佩玉的其中一小件。

可是，它卻是我第一塊玉，一九八〇年在九龍裕華公司買的。別以為在官方經營的公司裏，買他們的貨，就有品質保證，他們櫃中的古玉，大半都有問題，跟一般古董店情況差不多。而我真幸運，自己瞎逛，第一次買古玉，就挑到真貨。我想，正因為如此，後來買的，才不至於太離譜。別以為我沒上過當。曾聽說有一種白色的、鈣化的玉，叫雞骨白，在店裏見到一塊粉白的琮琫，興致勃勃地買回來，行家朋友一鑒定，才知道根本是高溫處理出來的贗品。有一位老先生，專擺出一副師傅授絕技的派頭，他拿出一塊自己的黃色小獸，說這個玉獸的形制屬商朝，刀法又如何有力道，結果，我買了一塊根本不是玉質的贗品。往往一不小心，知識就會成為一種障，有時直覺反而可

靠。精美而古樸的真東西，自有一股吸引力。

想像這塊白玉小環，曾編在一組玉璜、玉瑀的垂飾之中，隨著一位漢代的美人姍姍蓮步，在柔軟的羅裙縐褶之間，發出叮咚的輕巧歌聲。

二、古玉鐲

應該是一九八四年的事。在香港一家大百貨公司的古董部門，我看到一隻玉鐲。它具有三代玉鐲的特徵：鐲身扁扁的，形狀像結婚戒指。暗綠色，帶深褐的礦物沁，所以入過土，是陪葬品。這種古雅的素身玉鐲，我尋求好幾年了，價格應該在三四千港幣左右，但標價才一千。經理告訴我，鐲身一處表層有一條細細的裂痕，首尾相接，圍成一圈，所以價值大減。我卻像著了魔，非買不可，當場戴上，大小正適合，這時外面正雷電交加，下著傾盆雨。回到家就染上重感冒，然後轉氣管炎，病了一個半月。這期間鐲子反而脫胎換骨，暗綠轉成逼眼的青翠，深褐變出一層層紅橙黃色，如颱風前夕的晚霞。我心中發毛，是不是它吸取我太多的元氣呢？脫下來才兩天我身體就復原了。

以後它一直是我心頭的結，戴上總生病，脫下來就好。兩年後我讓給一位東海校友梁緒華，她不信邪，說她是基督徒，要跟鐲子鬥，戴上兩天，就發了一次嚴重的紅疹。其後她去了美國，不知兩者鬥得如何？人與玉器的關係發展得如此糾葛。它是我擁有過最美的鐲子，也是唯一令我心生恐懼的玉件。是古代真有什麼法師對它下過咒？還是全屬我的心理作用？但是在我心目中，這只古玉鐲仍是無價之寶，沒有跟它的一段緣，我寫不出〈過山〉那篇小說。

三、人面琮鐲

我有一隻看來不像鐲子的鐲，叫琮鐲，因為它既是內圓外方的琮，又是可以套在腕上的鐲。可是讓我告訴你，它是有問題的。我不但會告訴你我收藏到什麼寶貝，也會告訴你，我的慘痛經驗。

話說一九八五年冬，有一次我一個人到九龍油麻地陸橋下的玉市市集逛。玉市上除了有固定的攤位，在玉市的大門，還有一些跑單幫的人倚石柱或坐或立。他們頸上、腰帶上都掛著些待價而沽的古玉。我就在那兒看到一位逛玉市的老先生，他的頭髮花

白梳在耳後，整整齊齊，穿棕色的西裝，剪裁和料子都很夠水準。他正向一個倚在石柱的人，指明要看他頸上掛的一件東西。這位衣冠楚楚的老先生取過那塊玉，然後由自己口袋中掏出一個小小的放大鏡，我的眼睛一亮，他放大鏡框的孔上用繩繫了一塊小方玏，美得令我目眩！晶盈的玉質，櫻桃紅的沁色。我忍不住與他搭話說：「你這塊小玏子非常好。」

他看了我一眼，很有學者風度地說：「這是西周的玏。你看，這有一道線，是玉匠留下的記印，叫留刀，是西周時期的特色。」

他又向我介紹站在一旁他的太太，一位慈祥的老太太。他告訴我，他的古玉收藏曾在美國的博物館展覽過。我想我遇見大收藏家了。其後半年，我常與他們夫婦見面，先是我把我以前買的東西拿去請教他。老先生教我辨真偽，並教我各時代的特色。然後有一次他帶一本厚厚的書來，說是很重要的書，我應該買，那的確是本有分量的書——哈佛大學佛格博物館出的 *Ancient Chinese Jades*——不但我買了，那次一同飲茶的玉友范我存也買了。隨後又說他有小件的東西，想要淘汰，我當然很有興趣接收。於是我向他買些七百八十元港幣的小東西，像是小圖章、玏子之類。有一次他竟還向我收購東西。我買到一個黃玉司南佩，他告訴我是仿漢的，不是真品，不過有個外國人說真的假的都想要。老先生問我多少錢買的，我乖乖地報告，是三百元港幣買的，他給我三百五十元就把司南佩取走了。

有一次他把這個人面琮鐲給我看。這琮鐲放在一個特製的錦盒之中。老先生說，這是西周的，白玉水銀沁。我看它雖然墨墨黑黑，但有「開窗」之處，在其左下角處，露出玉受沁前的原來白玉玉質。而且整體來看，有古樸之美。此外，我已經給這位老先生教到專會喜歡這種黑黑烏烏、有所謂奇沁的東西了。於是我動了心，一問價錢，抽了口氣，五千多元港幣。在一九八五年，我才買玉沒有多久，從來不敢花大錢買玉，這對我是天文數字，是我在香港大學教書半個多月的薪水。但因為實在動了心，就不管三七二十一決定買了。在我說出要買的一剎那，我察覺老先生和老太太對望一眼，我覺得有點古怪。

其後我還繼續與他們來往，買了他們一些玉件。直到有一天，我看到《文物》雜誌上有關良渚文化玉器的報告，我知道這個琮鐲是絕對有問題的。它大體的形制是符合良渚的琮鐲，問題出在雙眼之上的凸起橫條上，也出在雙眼之下的鼻子上。那凸起橫條其實是表現良渚神人的冠冕，上面應該有橫弦紋，而這個黑沁琮鐲的凸起橫條上卻刻了斜斜的眉毛。那四個人面的鼻子，有些鼻孔上彎，有些鼻孔不彎，全無章法，可見

是贗品。我忽然想起老先生老太太對望的眼神，好像流露出終於鬆了一口氣的樣子！他們想，這個假貨終於賣出去了！原來他們是騙我，假裝成大收藏家的模樣，無非是騙我買他們的贗品！那個被他半買半搶拿去的司南佩，很有可能是漢朝的真品。於是我與這偽君子斷絕往來。

現在想起來，我根本是庸人自擾。他們本來就是做古玉生意的，哪個做古玉生意的手中貨不是有真有假呢？誰叫我天真地認定他是收藏家呢？誰叫自己鑒別力不夠，買到假貨呢？更何況由他手中我也買到一些好東西，像是《玉緣》一書收的飛燕玉章，以及《如玉》一書中收的「黑裏俏：高身箭形鐲（周）」都是向老先生買的。此外，這個黑沁琮鐲大體形制是對的，因為它的玉質屬於和闐白玉，所以是商朝以後的東西。《殷墟婦好墓》一書中就有一刻有紋飾的玉琮，其形制與我這問題琮大體相似。大概我這琮是一商朝的素琮，不知是哪個年代的玉匠，替它加了眉毛、眼睛、鼻子，如果沒有改件反而是一件好東西。

四、漁翁得鯉像

一九八七年底，我在荷里活道買到一片戰國璜，雕工精細，上刻典型的戰國龍紋，以戰國玉件而言，價格實在不貴，我以為撿到寶了。回家細看它，總覺得線條有些死板，整塊玉沒有生氣。老行尊張富川先生有一個徒弟在荷里活道上開店，我拿去給他看，他一看就告訴我說：這叫「生意貨」，是用殘破的入土古玉，改雕而成，所以看起來玉質古樸，但有些地方的皮殼不對，是把新雕的部分重新用人工做出皮殼。內行人一見就知道這是生意貨，所以價格也不會高。我恍然大悟，原來是內行做生意的人買來哄外行人的。我就打算拿回去換東西。

我回到那家店，先看看櫃中有什麼好東西，一看就看上一個青玉雕的漁夫和鯉魚，其價格比「生意貨」還要高。與老闆娘談好價錢，就亮出「生意貨」玉璜說：「我用玉璜的價來抵漁夫部分的價，不夠的我付你現款。」

她不高興地說：「這玉璜我又沒有賣貴你，不換！」

我說：「這玉璜叫生意貨。」

她點頭說：「是生意貨，我是給你生意貨的價錢，否則真的戰國璜可要十多萬

港幣。」

我說：「如果我是做生意的，買了生意貨當然沒問題，但是我又不做生意。反正你不吃虧，是不是！」

老闆娘大概想以後我還會來買她的東西，就讓我換了。其實她很公道，有些店，如果你退東西，要扣百分之十或以上的手續費，也有些店是根本不肯換的。

哪裏知道這漁夫還真是件寶。我請張富川先生看，他說，由漁夫的臉與斗笠的雕工，就可以斷定這件是精美的乾隆工。漁夫的額頭打磨得油光圓潤，鬍子與髮髻上的毛髮，一根一根地一絲不苟，連眼皮都雕像是會動一樣。漁夫肩上背了褡褳包。他的斗笠圓滑而有質感。

這漁夫手持一條鯉魚，其諧音是指「漁翁得利（鯉）」之意。大概這件玉是乾隆時期送給大商賈的禮物。這玉件的玉質不是白玉，而是青白玉，非常潤潔的青白玉，所以買白玉件，不一定要執著白玉或羊脂白玉，好的青白玉件一樣很值得收藏。

五、福壽碟

我在香港教書的時候，在荷里活道上買到一個白玉片，我看它玉質白白嫩嫩的，還有黃香沁，又看得出是雕兩個桃子和一隻蝙蝠，再加上價錢不貴，就買下來了。玉雕的主體是桃子，桃的右下角邊上雕了一隻蝙蝠。你是中國人，你當然知道，桃子是象徵長壽，蝙蝠是取「蝠」字的諧音「福」，所以這白玉件的寓意是「福壽雙全」。蝙蝠在中國是大家喜歡的物件，因為牠象徵「福」。在西方剛好相反，牠有時是披著黑斗篷的吸血鬼之化身，有時是魔鬼的化身。我認為西方的聯想比較合理，蝙蝠黑乎乎、黏糊糊的，活在幽黑恐怖的水洞之中。不是中國人，也很難把牠們與福氣聯想在一起，中國人是非常樂觀的民族。

這個「福壽雙全」白玉件很奇怪的是，有一面是凹下去的。我方買這塊玉的時候，用繩子繫起來，佩掛在胸前，我的朋友袁醫生看到了說，這種形狀不全的玉，不要戴在身上，戴了反而會折福的。我就沒有再佩它。後來，我另一位玉友胡玲達看見這塊玉說，那應該是一個吸鴉片時，放鴉片膏的小碟子，因為她以前見過用瑪瑙制的「福壽雙全」鴉片煙碟子，所以她知道這是何物。你看，這不是很強烈的諷刺嗎？哪個人吸了

鴉片，還能祈求福壽雙全呢？胡玲達是一九八六年初才加入范我存與我這小小的玉迷團，她非常能幹，曾任過香港中文大學的兼教務長。家庭環境又好，又敢大買，不到半年，她開始買得比我們還凶，後來她收藏的古玉數目比我，比范我存都多。現在她已移民加拿大，那兒沒有什麼古玉店可逛，我想她會很寂寞。

六、龍鳳佩

一九八九年的春天和夏天，我知道即將離開香港了，心想搬到台灣去以後，那兒一定沒有什麼玉店和玉市場可逛，將來的日子，沒有玉買了。於是我一有時間就去香港各處的玉店去逛，包括荷里活道、海運大廈、永吉街及各大陸國貨公司的古玉部門。並且我大買白玉件。為什麼買那麼多白玉呢？因為在一九八八年初，我開始注意國際市場中國古玉的買賣情況。那時我與中文大學做行政工作的胡玲達及袁紹良醫生一同去參觀國際性的 Sotheby 及 Christie 拍賣商品的展覽會，以及去拍賣現場觀摩。我才發現在國際市場上，當時很少拍賣中國高古玉，大概是因為鑒定不易吧。但這兩個國際拍賣會上，倒有不少明清的白玉件，如白玉動物雕及白玉牌。所以那一陣子逛店，我只要見到動物雕與白玉牌，只要價格是我教書的薪水能力所及，我一定買。

有一塊白玉龍鳳佩是那一陣子買的白玉牌之一，是最不起眼的一塊。買回來的時候，玉質不但不潤，還澀澀的，而且上面的沁色都是灰黑色的，看起來很髒。但是由於其雕工的線條極其流麗，透雕的手法也精確，我就把它也買來。奇怪的是，我只是偶爾把它掛在胸前，它居然很快就起了變化，玉質轉潤起來，方買回來的時候，一點黃色的沁也沒有，慢慢地那些灰黑色的點居然褪去，轉為黃色。你說奇怪不奇怪？

為什麼我把這佩定在明朝而不在清朝呢？第一，清朝的透雕玉牌周邊大多有邊，這一塊沒有加邊；第二，那些彎曲的流雲紋是明朝玉牌常見的圖形。所以我把它定為明朝玉器。還有很值得注意的是，這個龍鳳佩，雖説龍在上、鳳在下，但你仔細瞧瞧，左下方的鳳，其體積比右上方的龍大很多，且飛舞的姿態美很多，所以我戲稱為女性主義的玉佩。

一九九二年初稿，二〇〇四年修訂

疑問重重的高古人面琮鐲

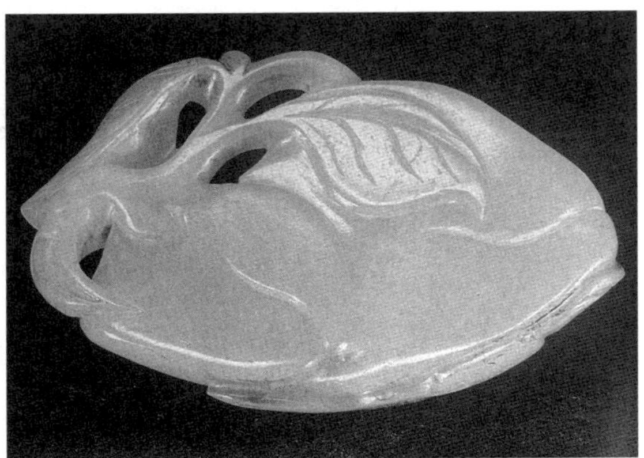

清朝青白玉雕的漁翁得鯉像

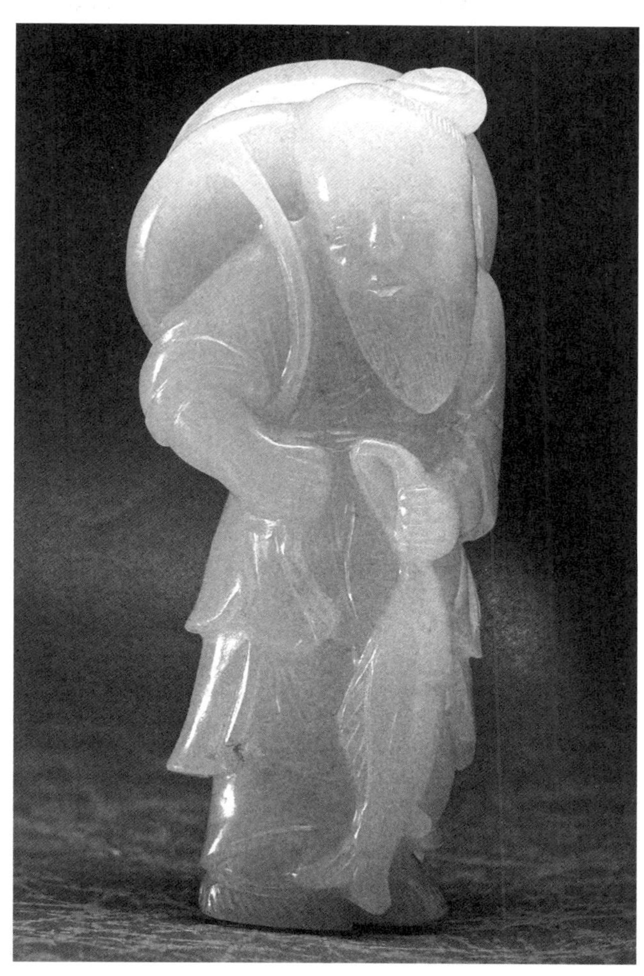

清朝白玉黃香沁的福壽碟

珍珠之美

我們都聽過「合浦珠還」這個成語，典出下面的傳說。採人在合浦海中覓得巨珠，縣官派精兵押送去京城上貢給皇帝，到了梅嶺，狂風大作，巨珠化為一道弧光，飛回海中。這故事含有大自然與人類角力的象徵意義。合浦是中國古老的珍珠城，漢武帝於西元前一一一年平定南越，設九郡，其中之一即合浦。於二〇〇五年五月底，我應廣西省北海市政協的邀請，參加北海銀灘文化名人筆會，來到這古珍珠城。在清朝，北海原是合浦縣的一個港口，由於一八八七年簽定的中英煙台條約，北海一度成為對外的通商港。北海市現以其沙質極佳的銀灘著名。

主辦單位安排我們作家團去參觀一家首飾公司：南珠宮。店裏展示一顆「南珠王」，南珠是合浦珍珠的另稱。這顆珍珠放在一個方型玻璃櫃中，由原來安育它的巨蚌殼左右護翼，它是顆百分之百渾圓的天然珠，直徑約兩厘米，散發淡淡七彩虹的光芒，美得令我屏息。我聯想到珍珠在我們傳統文學中出現之頻繁。古代的合浦因珍珠而興旺，漢朝置郡，人口上萬，明朝更是大商埠，小說〈蔣興哥重會珍珠衫〉中的男主角就是由河南到合浦做生意的珍珠商人。漢朝有一首敍事詩〈艷歌羅敷行〉，描寫的大美人羅敷，耳上就戴了珍珠耳環：「頭上倭墮髻，耳中明月珠。」台北故宮收藏了一頂清朝貴妃的冬朝冠，冠上的裝飾以黃金和珍珠為主，共鑲珍珠近三百顆。凡事都是一體兩面的，一方面珍珠代表了貴氣與美麗，在其背後卻潛藏了採珠人的血淚。唐朝王建有一首詩就替重稅之下生活艱苦的採珠人申冤：「海人無家海裏住，採珠役象為歲賦，惡波橫天山塞路，未央宮中常滿庫。」

自從在一九一〇年代日本人發明了養珠培育法，珍珠就不像以前那麼罕有珍貴了，珍珠平民化了，因為可以量產。北海的世界貝類珊瑚館中就在水箱中展示在近海中如何以鐵籠培育養珠。鐵籠看來像烤肉鐵夾，每一個籠裏就夾了二、三十個貝母蚌，可見產量可以多到什麼程度。人工殖入圓核後，沉籠入海水中養，少則兩三年，多則十年。可憐的是這些貝類，活著受罪，體內被植入異物，要不斷分泌體液來養傷，人類取珠的時候，也是牠命終之日。回到香港以後，有一次在百貨公司，看見有一個櫃台前，人潮

洶湧，櫃中置放許多顆小小的珍珠，還有待鑲珠寶的戒指、項鏈等。我問其中一位擠在旁邊的女客，她告訴我，只要在百貨公司購買二百元的物品，就會免費贈送一顆珍珠，大家都在此挑戒指、項鏈，等著鑲。珍珠竟然便宜到可以免費贈送了！原來是內地現在已克服了淡水養珠的技術，大量生產、傾銷海內外。大陸生產的淡水養珠光澤不及海水養珠，大多為扁圓形，珠層也不夠渾厚。但顆粒可以很大，而且有各種動人的色彩，如淡粉紅、淡紫、淺金等。

最近在電視上看見伊莉莎白女王，她依然是戴以前常戴的那顆珍珠項鏈，三串為一串。應該是天然珍珠，但遠看與海水養珠的差別不大。北海市在文宣上聲稱，日本珠不如合浦珠，日本屬溫帶，海水冷，日照短。合浦在亞熱帶，海水溫暖，日照長，而且海域餌料豐富，貝母長得特別好，所以其養珠會更光潔、更渾圓。以我手頭幾件日本養珠和合浦養珠作比較，我覺得合浦珠略勝一籌，也許這是民族主義在作祟。

近來在香港冠蓋雲集的場合，見到一些貴婦人的項上都戴一串皎潔的南洋珠（一說是澳洲珠），一顆顆碩大無比，但儘管碩大，卻令人有不相稱之感。我想珍珠之迷人，不只在其潔白與光澤，也在其小巧玲瓏與光彩之柔和，這是一種陰柔之美，戴在女人身上令女人更加柔媚，一對素的白珍珠耳環，加一串養珠珍珠項鏈，不但令女人柔媚，而且正式而端莊。如果珍珠顆粒太大，反而沒有這些效果了。價格昂貴和時尚，並不一定能帶來真正的美感。而美感也只是對人生刹那的依戀。

《文學世紀》總第五十四期，二〇〇五年九月

香港的山

如果我對你，來自香港以外他地的你，說要跟你談在香港爬山的經驗，你會微帶譏諷地說，談香港，不是應該談高級的、名牌店林立的大商場嗎？最多是談談海洋公園的熊貓和海豚，或談談大嶼山寶蓮寺的大佛像。香港有什麼山可以爬呢？

那麼你就大錯特錯了。香港地區包括港島、九龍、新界和離島，佔地約一千平方公里，其中四分之一地方為人口稠密的城鎮和已開發的農地，其他四分之三都是郊野山地。而在這四分之三的土地中，六成都是郊野公園。也就是說香港近一半的地方都是群山林立的公園。其實香港的城鎮一直被大片大片的郊野和公園環抱。

我是在二〇〇四年才開始親近香港的山，而且香港的山改變了我的體質，身體比以前好得多，都因為每年有半年，每週爬一次山。我從二〇〇三年開始在香港浸會大學任職，但我參加的爬山隊伍卻是由香港城市大學的鄭培凱教授組織的。常參加的有城市大學前校長張信剛及太太周敏民，張隆溪教授一家人，李金銓教授及太太李嘉琪等。香港的山並不很高峻，最高的大帽山還不到一千公尺。我們爬的山其最高點只有二百至五百公尺，但卻是常常從海平面爬起，所以也的確是去「爬」山。最精彩的是，你走在山脊上，兩面是陡落的斜坡，坡腳是彎彎曲曲的海岸銜接深藍色的海洋，走在山脊上，感覺自己像一隻在海浪上飛翔的海鷗。

當初加入這行山隊卻吃足了苦頭。固然我在高雄中山大學教書時也爬山，爬文學院後面的壽山。常去爬些小山坡，來回約四十分鐘。我在香港首次參加鄭培凱的行山隊，興致勃勃，記得是二〇〇四年十二月十九日，爬的是新界清水灣的釣魚翁郊遊徑。那時我的實力很差，不但體力不如他們，一爬坡就猛喘。由五塊田，登上上洋山，勉強跟上，太陡的釣魚山就乾脆不爬了，走山腳下的路。接著又爬了幾個山頭，漸漸落後，幸好有隊友陪同打氣。登上最後一個山頭田下山，其他人早已不見蹤影，只有那位好心的隊友押住我這落後的陣腳。我往山下一看，嚇得坐了下來，像天梯一樣陡落的石階，平常不怕高度的我，突然生了懼高症。本來就已經發軟的腿，完全沒有了力氣。我叫：「我不下去了！」坐了一陣子，才一段一段慢慢爬下山。隊友三小時就走完，我

花了四小時。這次爬山之後，小腿足足痛了一週，每爬樓梯都又痛又乏力，得緊抓住扶手才能上下。

整整過了一個月，我才克服心理障礙，再加入行山隊，沒想到前幾次我沒去，他們走的都難度不高，這次偏偏又是最難的，就是香港特區的地標，獅子山。因為是座岩石山，出名的難爬，每年還摔死一兩個人。這次我走完全程，但要花三星期才培養出勇氣再參加，之後就成為他們的固定隊友。到了二〇〇七年冬，與一批女將重登釣魚翁郊野徑，包括張隆溪太太唐薇林，鄢秀，和葉璧光等。在山脊上行走，欣賞兩邊綢帶一樣的海岸線和瀲灩的波光，也不那麼難行，最後登上了下田山頂，是座岩石山，風很狂烈，吹得我們的頭髮亂飛。我往下看，巒陡的，卻不像上次感受得那麼險峻，我一點懼高的感覺都沒有。很順利的跟大家下了山，一同去布袋澳的海鮮店進餐。爬完腿也不酸痛。三年的時間，我早已經適應了香港的山，香港的山也接受了我。

此外，我把浸會大學國際作家工作坊的活動與鄭培凱的登山活動結合。工作坊每年都有一個主題，二〇〇六年的主題是「大自然寫作」，邀請了來自加勒比海、愛爾蘭、美國、紐西蘭、台灣和香港的作家共九人。鄭培凱和周敏民就幫忙規劃去走西貢大浪遠足徑，帶這一批國際作家足足走了四個半小時，一路欣賞沙灘和林蔭美景，還經過幾個古意盈然的山村，最後在西貢吃海鮮。這麼多位書寫大自然的作家之中，最有趣的是台灣來的劉克襄，他一路上告訴我們，哪些樹上結的小果子是可以吃的，哪些有毒不能吃，因此我那次吃得很開心。我最喜歡嚐樹上的水果，記得爬壽山，多次走到近中山大學校門處的山脊上，那兒有四棵桑樹，常有桑椹吃，紫的如甜酒，紅的如微酸的李子，吃得不亦樂乎。劉克襄真的是山迷，他到香港來參加活動共三十天，他就爬了二十八座香港不同的山，自己一個人出遊，每天爬一座，風雨無阻，所有工作坊的活動他照樣參加，可見他細心策劃爬山和文化活動行程，分秒不差。劉克襄對香港郊野公園非常稱讚，說山徑的規劃，路途的標示，公園的整修和維護，都做得相當完善。

我想香港郊野公園的完善山徑規劃和維持，有三個主要的原因：第一是在英殖民地時代已打下了非常好的基礎；第二是香港政府的漁農自然護理署以專業敬業的方式經營這些郊野公園；第三，也是最重要的，就是香港的行山人有公德心。不要以為香港愛山的人少，有些山徑上人來人往多得令你吃驚，但路上的垃圾卻很少。而且迎面

而來的行山人，不論是中國人，還是西洋人等，都會帶著微笑說一聲：「早晨！」（粵語）或「Good Morning!」

《城市文藝》總第四十二期，二〇〇九年七月十六日

狗緣

我不能想像住大廈的自己居然會動了念買狗來養，而且買的不是小型寵物狗，是一隻中大型狗！從此足足有十二年零十個月，我的生活與一隻狗的生活攪在一起。

小白狗雖瘦弱，卻有旺盛的生命力

會經過那家寵物店本身就很偶然。一九八七年十一月有一天因為辦事順路，我把汽車送到九龍油麻地一家從未去過的豐田廠維修。他們說四十分鐘後就可以取車，只有四十分鐘哪兒也不能去，只好到附近逛逛。走出維修廠幾步路就是那家店面狹小的寵物店。

那隻小白狗的模樣很怪，牠大約一兩個月大，非常消瘦，兩排肋骨都露出來，還有一個跟身子完全不成比例的大頭。後來才知道因為牠是中大型犬，長得太快！店家生

怕牠個子大了不可愛賣不掉而故意餓牠飯。現在回想在籠子中牠走路有些搖晃，應該是身體虛弱所致。

但是牠卻完全沒有擺出楚楚可憐的姿態，相反的，牠精力十足。我在籠子前站了三十分鐘注視牠，牠從頭到尾都在動，一直糾纏籠子裏另一隻愛睏的棕色小胖狗，要跟牠玩，那隻小胖狗每次想躺下來睡覺，就被小白狗推起來，頂起來。這隻小白狗雖然瘦弱，卻有旺盛的生命力。

小白狗對小棕狗做了好幾次一種古怪的動作：牠面對面把兩隻前足踏在小棕狗肩上，身子抽動起來；雖說方向與姿勢都不對，我見過狗性交，所以知道牠在做不雅的動作。才一兩個月大就有性衝動嗎？細看牠的下腹，竟然是小母狗一隻，難道牠犯性別錯亂？直到四五年以後我才知道自己完全用人類被道德觀扭曲的角度來看生物現象。二十世紀九十年代西方的人文研究已經由女性主義（feminism）轉向性別研究（gender study），於是雌雄同體 androgynous 的觀念流行一時。美國女詩人艾德里安娜·里奇（*Adrienne Rich*）的名詩〈潛水入沉船〉（“Diving into the Wreck”）中，詩人化身為男人魚，同時也是女人魚。改編自英國小說家弗吉尼亞·伍爾芙小說的電影《奧蘭多》（*Orlando*）中的主角，忽男忽女穿越不同的世紀。我們人類到二十世紀末才醒悟每個人都擁有兩種性別面向，有顯性的，有退化的，有突顯的，有次要的。小白狗女扮男裝，只是做生物界司空見慣的事，大驚小怪的是我。

視覺型的我喜愛大麥町

然後我注意到牠全身隱現細小的黑點，還有牠倒n字形的嘴。啊呀！牠是大麥町斑點狗。我的夢想就是養一隻斑點狗，因為斑點狗黑白分明，最富圖案美。我是個視覺型的人，不論是穿衣服或家居設計都喜歡講究搭配色彩和構圖。如果是聽覺型的人，大概會養畫眉鳥以聽牠婉轉多變的歌聲，嗅覺型的人大概會養國蘭好聞幽香。曾經在維多利亞公園見到一頭黑色長髮的麗人著白色套裝，牽著斑點狗高視闊步，照眼到令我又羨又妒。於是我心動了。

當你作生命中關鍵性的決定時，絕非單純只有一種理由，背後總有許多大大小小的原因。除了小白狗生命力強，斑點狗種投我所好，還有什麼重大原因呢？真正的重大原因是那個時刻我正需要溫情的支援，而狗是對人類最溫情的動物。一九八六至一九八七學年我由香港回到長大的地方高雄，到中山大學任客座教授。

那一年與父母相伴，又常跟隨余光中老師、余太太范我存、攝影家王慶華等暢遊恆春、墾丁。再加上小學、中學、大學同學的聚會，台灣文壇的熱絡，自從二十三歲出國以後，我就沒有享受過這麼多親情、友情的滋潤。一九八七年秋回到香港，倍感淒清，所以才會身不由己地買了這隻小狗，做了一件理性不允許我做的事。那是因為我的脆弱，大概也因為這個小生命本來就與我有很深的緣分。

第一眼見到這隻狗就覺得牠不可能活下來

放下車四十分鐘後我回去取車，車上多了一隻裝在手提箱中的斑點狗，並有一張由香港狗狗協會頒發的血統證書。狗狗售價兩千元港幣。回到香港大學沙灣徑的宿舍，在電梯口碰見大樓管理主任阿全，他說：「你買了狗了？」還很熱心地跟上樓看。進了廚房後面的工作間，我開箱把小狗放出來，牠東張西望，蹣跚地走來走去。阿全說：「賣狗的不道德，把牠餓得這麼瘦！鍾教授，你看牠還感冒，鼻頭是水。你應該去找店家理論。」阿全住了口，好像還有話沒說出來。

晚上我在工作間用舊毛氈靠牆做了一個窩，還根據養狗書上的建議，把鬧鐘放在小窩旁邊，讓嘀答聲陪伴牠，以免無邊的寂靜嚇得牠一夜哀號。半夜我起來一次過去看牠，小小的身軀蜷作一團，短短的白毛還沒有毛氈的毛長，牠呼呼大睡，一夜沒叫，這小傢伙好像蠻能適應全新的環境。大清早過去工作間，牠瞪一雙黑白分明的大眼睛抬頭看我，搖一下小尾巴，應該是跟我打招呼，但牠的鼻頭都是水，身子還不停地發抖。早上餵牠牛奶以後帶牠由香港到九龍回到那家寵物店。店主完全不認帳，說從來沒有餓過牠。我責備他賣病狗給我，這下子他不出聲地立刻塞了幾片藥在小狗口中，還給了我一星期的藥。反正這隻狗我是要定了，就帶牠回家了。

後來阿全跟我說，第一眼見這隻狗就覺得牠不可能活下來，餓得瘦巴巴跟非洲難民似的，還患了重感冒，一個冬天的寒流來勢洶洶，牠怎麼熬得過去？可是這隻小斑點狗注定要跟我一輩子，牠吃了三天藥以後就活蹦亂跳了。以後十二年讓我見識到斑點狗的活力，讓我有機會探索狗的內在世界，也讓我了解狗對人付出的溫情和忠誠是無法回報的。

《中國時報》，二〇〇三年三月二十日

落水狗

淑女一直長到牠的青春歲月從來沒有見過大片的水域，牠只見過驟雨後水泥地上淺淺的一面面水窪，還有就是家中澡缸裏洗澡所蓄的半缸水。什麼池、塘、湖、潭，見都沒見過。至於牠天天在香港大學宿舍陽台上望得見的那無邊無際的南太平洋一大片藍色，那麼遠，牠眼睛根本看不清楚，只朦朧覺得那必然是一大塊混了鹽的泥土，因為牠嗅得出空氣中傳來濃厚的鹽味。

水塘不過是另一片深綠的草地

因為來了台灣訪客，一家四口，我就邀中文系同系的陳炳良教授及在港大客座的台灣大學中文系何佑森教授陪同，一起逛香港大學校園。當然踏青少不了淑女，牠這種大麥町斑點狗本屬獵犬類，一嗅出要帶牠出門，就會跳起來雀躍三下，下了車知道

有山可爬，更是樂翻了天，伸出舌、咧開嘴，笑到整張臉切成上下兩片，牠總是一狗當先地做斥候在前面探路。

港大校園建在相當陡的山坡上，我們走到一個望得見維多利亞港的平台，我對台灣來的朋友說：「這就是張愛玲小說〈茉莉香片〉中描寫的一個地點，你們知道，張愛玲住香港期間，在香港大學就讀過，你看那海，你看山坡下的松樹，都是她小說中出現過的。」張愛玲這麼描寫聶傳慶和他羡妒的女同學言丹朱兩人夜談的地點：「山路轉了一個彎，豁然開朗，露出整個的天與海。路旁有一懸空的平坦的山崖，圍著一圈半圓形的鐵欄杆……崖腳下的松濤，奔騰澎湃，更有一種耐冷的樹，葉子一面兒綠一面兒白。」

我們上上下下爬到以前我從未涉足的校園深處，轉過一座建築，前面居然出現一個大水塘，朵朵白蓮漂浮其上。這時任斥候的淑女已經抵達池邊，天！牠沒有佇足，直踏著牠的小跑步往前走，一定以為水塘不過是另一片深綠色的草地。在我目瞪口呆叫不出聲之際，牠已經四足小跑步踏上池塘水面！噗，噗，我的狗沉入水中，一剎那就沒了頂。其實我們人類的類比能力跟牠一樣，也不太靈光。我們孩童時期一定都經歷過心跳、心慌的事，但長大以後，碰上會心跳、心慌、心亂的事，仍然個個一頭栽下

去，以至於承受到心寒、心酸的痛苦。

淑女遭逢大難，卻能馬上應變

我們七個大人小孩企鵝似的呆立在池塘外，瞪住淑女沒頂的那圈小漩渦漸漸撫平。驚嚇過後，我趕忙跑步到池邊緣。忽然在漩渦旁一米半處冒出淑女白色的腦袋，兩片佈滿黑斑點的耳朵平貼在頭兩側，牠那突起的，長方形小黑斑點的鼻梁浮沉了兩次後，居然能整個頭露在水面上開始踏水游起狗刨式來了！過後回想，我為牠叫好。雖説狗刨式屬狗類的天生本能，但意外遭逢此大難，「草地」忽然給魔法變沒有了，四足無堅實之地可踏，無孔不入的、窒息的敵人正全方位地進攻，心中必然驚怖交集，淑女卻能馬上應變，你能不佩服牠嗎？如果生平沒有游過泳的人類意外落水，他和狗一樣也在胎裏羊水中潛泳過，卻遺忘了本能，被驚怖所籠罩，自己淹死不算，還會把來救援的游泳好手拖下水深處。在這一點上人類是低能兒。

三兩下子淑女就游到岸邊了。可是不好！這是一個人造池塘，池底是水泥敷的，整個池宛如一隻大湯碗，旁邊都是垂直的。牠的前足在池邊往上抓，爪子抓到垂直的

壁就一直滑落，牠又開始載沉載浮起來，我聽見周圍國語、廣東話齊聲喊：「快拉牠！」「拉佢上嚟！」我馬上蹲下來伸出雙手往水裏撈牠的前足，好不容易抓住牠蠕動的雙腿，使勁把牠拖上岸來。淑女上岸時帶上來的塘水把我前半身灑濕，上岸後牠拼命甩身上的水，又把我後半身灑濕，我遂也像落水狗全身濕透。在牠眼中我看到九分驚恐、一分不好意思。

他一把抓起二十多公斤的淑女擲牠入湖中

自此之後，淑女一看到湖水、池塘，甚至大水溝，都會躲得遠遠的。當然如果主人走在岸邊，牠的忠誠天性仍會把恐懼感壓下去，只好亦步亦趨，小心翼翼地跟在我的腳跟左右。其實我們不應該嘲笑淑女，因為人類對悲慘遭遇的反應也好不到哪裏。我有位要好的朋友，她在二十歲左右深深愛過一次，差一點沒了頂，受了很大的傷害，之後她再也不肯、也不能大量付出地愛一個男人。但是我的朋友們嘲笑的不是淑女，而是我，因為主人的緊張不亞於愛犬。每次跟朋友郊遊，遠遠看見湖水或池塘，我就趕忙拿出鏈子來拴牠，生怕牠又落水。那時我已回到高雄市的中山大學任教，常與余

光中老師夫婦一家人及攝影家王慶華一同南遊墾丁國家公園。他們看不慣我這麼寶貝狗、緊張狗，他們說淑女已經不像一隻狗，我呵護牠像呵護方出生的嬰兒。有一次我們在龍鑾潭邊遊玩，我因為忙著架三腳架好拍攝湖光水草，忘了拴狗。高頭大馬的王慶華趁我不注意，一把抓起二十多公斤的淑女，把牠擲入湖水中。後來他說，狗應該像狗，讓牠跑個夠，游泳個夠。

這次淑女居然不驚不慌、慢條斯理地，甚至可以說是姿態優雅地，游回淺灘，然後上岸走到我跟前，咧開嘴對我笑，之後才甩水。好像對我說：「主人我沒事，我克服恐水症了，嘉獎一次！」從此以後，淑女愛上了汪汪的水，見到水會自己跳下去游泳。如果牠在水邊猶疑，我會對她說：「游水水！」牠就會立刻下水玩。牠最喜歡在海邊逗浪花：潮去的時候追逐水浪；潮來的時候，狠狠咬浪花。在動盪之中，牠白色的身影和白色的浪花泡沫融合為一體。淑女曾盡情地享受過大自然。

《香港文學》，二〇〇二年七月號

大嶼山深處的江南園林

二〇一三年初我們行山隊伍的領隊培凱說，要帶我們去大嶼山一個神秘美麗的地方，大家就特別精神。我們在東涌坐巴士到大嶼山的龍門站下車，在山林中上上下下約走了一小時。在一個岔路口，培凱站在路旁的公園地圖前研究了一陣子，然後帶我們踏上去萬丈瀑的山徑。

忽然有人叫說：「看，對面山上是什麼？」

隔著一個深谷，對面山坡萬樹綠葉中出現三小片的粉藍色。大家沿山徑站成一排張望。有人說：「那是藍色的琉璃瓦。」領隊說：「那麼該就是悟園！」

原來這個神秘的所在就是悟園。荒山野嶺上居然出現亭台樓閣，我們猶如置身於古人的山水畫之中，是誰在深山中尋求覺悟呢？

十多個人的隊伍來到悟園的大鐵門前，卻全被左邊的風景吸引去了。左前方有一泓巨大的水潭，蓮葉田田，水上橫著一道九曲橋。大門左邊有一條小徑通向大蓮潭的

水壩，我們列隊走到壩上，右側是滿沛的池水，左側是落差十公尺下一道涓涓小溪。原來大蓮潭是靠這石壩來蓄水，工程相當浩大。九曲橋以水泥修築，斑剝的深灰色是歲月的印記。我猛然一驚，這池這九曲橋，我來過這個地方。站我旁邊的副領隊嘉琪說：「我們來過悟園，是我帶隊的。」兩天後嘉琪電郵來一張大家在九曲橋前的合照，標明日期是二〇〇七年二月。五年多以前，今天的隊伍中有六個人訪過悟園。

壩的盡頭給鐵欄擋住，我們進不了悟園，回到大門前才注意到告示上說，園已經封了，不開放。我沉入失意的情緒中。自己去勘路的宏生走過來跟大家說，前面另有一個入口。我們跟著他沿悟園外的山徑往上爬，原來悟園這一邊是以高竹為籬。竹林有一個小小的缺口，我們一個個穿進這個樹洞，隱約見到舊亭和舊樓。第一道防線是高竹，第二道防線是湍流。一道急流竄下來，溪中的石頭都長滿青苔，我們一個個小心翼翼，互相扶持地踏石而過，終於進入了悟園。

這是一個巨大的庭園，除了蓮池，還有一座佔滿整個山坡的大花園。亭台樓閣和水榭有長廊銜接。巍峨的主樓有三層高，但樓上幾個玻璃窗已經打破了。所有木構部分，油漆已經剝落。整個悟園空無一人。記得五年前來訪時，有兩個工人在修亭子，幾個園丁在整理花園。如今主人已經遺棄了他的庭園嗎？但是花園卻非常熱鬧，雖然才二月天，已經暖到二十四度，一樹樹的茶花、一叢叢的杜鵑花，爭相怒放。《牡丹亭・遊園》中的「原來姹紫嫣紅開遍，似這般都付與斷井殘垣」句子閃入我腦中。

悟園的主人是紡織業鉅子吳昆生。悟園是他在五十年前花了五年蓋成的，由一九六二年進行到一九六六年完成。他在上海發跡，怪不得要興建江南庭園了。此地原是一個小村子，吳昆生買下這一片地。奇就奇在他把庭園修在深山深處，一直到今天都沒有通車到此的馬路。當年所有建材都是人工揹上去的。隱居深山一定是吳昆生一生的夢想。他是位虔誠的佛教徒，法號「達悟」，故此園以「悟園」為名。

難怪這裏亭台樓閣的名字大都與佛法的修行有關：一個廂房叫覺悟齋，一幢小樓叫智慧居，一座水榭叫清心閣。蓮池畔立著一座大亭子，名為九曜軒，供台上擺了一座石雕觀音像，善財童子陪侍在側，兩位站在岩石上，雕工樸拙，頗具大氣。九曜軒旁橫著一面大石壁，壁上浮雕了三個字：魚樂國。原來這一泓大潭是吳昆生為眾生中的魚類水族而開鑿的，讓牠們安樂生息。水看來雖然混濁，必然充滿了活潑的生命。

我為悟園寫了一首七律詩：「荒蕪的大嶼山悟園」，宏生兄指正了幾個字，成詩如下：

迷徑深幽覓悟園，隔山碧瓦綠叢間。
曲橋人影流光外，浮水花魂麗景邊。
樓損亭頹搖舊牖，苔滑石尖咽幽泉。
林庭寂寞嫣紅遍，覺在鶯啼霧靄天。

園主吳昆生是在一九七五年去世的，當他還在世的時候，悟園對外開放，遊客可以免費進來遊玩。想當年吳昆生固然自己喜歡住在悟園清修，在此與家人朋友歡聚，而且他不執著於物，把這麼美麗的庭園，給大眾共享，真是一位樂施的佛教徒。但他過世以後，長子吳中一對悟園不太關心，吳昆生共有三子六女，大多定居國外，現在第二代已經凋零，不論是第二代第三代，似乎沒有人對悟園有興趣。曾經一度在二〇〇二至二〇〇六年在週末對外開放，之後又關閉了。如今悟園在鳥語花香之中，日煎月熬之下，漸漸化為廢墟。

爲紅葉狂

這是一次南韓歷史文化之旅，也是思慕大自然幻彩的紅葉之旅。二〇一四年十一月我參加了一個與一般參觀購物旅行完全不一樣的團隊，全程只安排參觀新羅古國的佛教寺院、博物館、書院和古村落。籌組這個團隊的機構之一是「香港大專社會服務隊」，以慶賀他們工作五十週年。五十年前他們就熱心做社會服務的義工。想想看，服務隊最年輕的隊員也該六十七歲了。所以這旅行團八十多個人大都是退休人士。

出發之前已經有朋友耳提面命說十一月南韓還會有楓葉看，要好好欣賞。我們的第一站是距離首爾一百二十公里清州市的國立清州博物館。早上九點一到館區下了車，全團八十多個人都大叫「哇！」「哇！」是博物館周圍山坡上耀眼的紅葉眩昏了我們的眼睛，個個都捨不得進博物館看珍藏，而是各自打開相機捕捉紅葉的色彩。

清州的紅葉勝在色彩繽紛。韓國的楓葉跟以前我在威斯康辛州見過的楓葉不同。北美的楓屬可以抽取糖漿的糖楓，一片葉子有男人的手掌那麼大。韓國的楓葉纖長秀

氣，一葉五尖，像兩歲女童的小手，北美的楓林一色，一大片棕紅，烈烈炎炎，南韓中部的楓葉卻呈現各種層次的紅，一樹紫紅如晚霞，一樹橙紅如橘子皮，竟還有同一棵楓樹葉子出現各種色彩，由鮮紅到粉紅，甚至有嫩綠色的葉子，簡直令幾十個攝影迷瘋狂。

匆匆參觀完博物館，大家到館後面的山上看紅葉，拍紅葉。最有趣的是銀杏樹也來湊熱鬧。山路兩旁種了兩排銀杏，它們扇面形的葉子已經由綠色轉變為鮮艷的黃色，在陽光下閃金光，與楓葉鬥彩，剛好碰上銀杏樹果然落地的季節。導遊警告我們說：「你們大家小心啊，小心啊，千萬不要踩落在地上的銀杏果，否則連鞋子也會發臭！」

果然，這條山徑在視覺上給予我們絕美的享受，嗅覺上卻聞到一股類似魚腥的臭味。銀杏即白果，入菜味道甘美，沒想到去殼乾燥以前，那麼難以接近。

為什麼其他的樹葉秋天轉黃，楓葉卻轉紅呢？那是由於楓葉獨特的結構組織，它除了含有葉綠素，還有其他色素，如胡蘿蔔素和紅色素，到了秋天，日光減弱，葉子不再製造葉綠素，原有的葉綠素也逐漸分解，胡蘿蔔素與紅色素就在葉面上顯現出來。其他樹的葉子只藏有黃色素，秋天就轉黃了。明明是楓樹自己在經歷入秋的枯竭，我們人類的眼睛和腦神經卻受了刺激，產生美感，紅色令我們怦然心動，聯想到血液、熱情、喜慶，令我們沉醉下去，年輕起來。

到了慶州上山參訪海印寺。楓樹出現另外一種面貌，伽倻山上，在十一月晚上已經降到攝氏一、二度，白天也只有六度左右，大部分的林木葉子都已經辭枝了。在山路上剎那間見到一條紅艷的楓樹，亭亭玉立在一大片枯樹之中，好像是綺麗與青春的最後告別，淒美而幽靜。

香港人為什麼會為紅葉而癲狂呢？因為香港的氣候不適合楓樹生長，他們沒有機會欣賞紅葉，面對面當然會著迷，二十多年前秋天在台灣阿里山上見過槭樹的紅葉，樹少不成林，葉子又小，顏色是不起眼的褐紅色，難怪沒有動心。以前在美國住過九年，一到秋天到處都見到紅色的楓林，但是因為太多了，沒有細細體會，不覺得驚豔。這次韓國之旅雖短短七天，楓葉的繽紛卻震動了我。

告別雲中居

住在葵涌的華景山莊已經是第九個年頭，再過一個月我就搬遷回台灣了。我一輩子沒有住過如此類似中世紀城堡的地方，也沒有住過這般像古代隱士山居的地方。它像中世紀城堡一樣，相連的白色大樓，孤獨聳立在一座高山的山頂上，四望是陡峭直下的山玻，遠眺是平地、城市和海洋。住在城堡裏，你會感到孤絕而安全。山莊又像中國古代的隱士山居，一年有三分之一的時間，周圍飄著雲霧。有時腳下四周深綠色的山坡上，停大朿大朿的白雲，你感覺不是在離海面幾百呎的山頭，而是身在幾千呎的高山上。有時候每一扇窗外都是迷霧，你以為自己是天台山深山絕頂上的隱士，「庭際何所有，白雲抱幽石」。

二〇〇三年七月我住進華景山莊一個租來的，巨大的單位。那個晚上燕青、良和跟美筠把我由機場接來，我們開門進了單位，按了燈的開關，燈卻沒亮，但是沒有人去找電門的總掣，因為我們不是目瞪口呆，就是大叫哎呀，因為客廳面對面的那兩扇大

玻璃窗，映入無限的夜景，右邊是龐然的山影和遠處紅磡和北角繁花般的燈火，左邊是青衣島無數高樓萬戶人家點的夜燈，還有青馬大橋和汀九橋鋼纜上鑽石頸鏈一樣的燈串。我們有如進入了魔幻的國度。

到了二〇〇四年初，我買了華景山莊一個較小的單位，但一樣也有客廳面對面兩邊無限美景的大窗。我問自己，為什麼一回到這個家就感到安穩呢？我想，安穩的感覺是因為相對而產生的，由於香港的個人空間是狹窄的，我任教的香港浸會大學，校園中沒有大片的草地和傘蓋的大樹，相對而言，以前在台灣和美國讀書和教書的幾個校園空間都很寬闊。浸大的辦公室相對也狹小，進入市區又處處都是人擠人。所以不自覺地我在香港患了一點空間狹窄恐懼症。華景山莊的單位雖然不大，但窗外的空間卻無限大。因為有一點東曬和西曬，所以我常把窗簾放下來，但卻沒有在鳥籠中的感覺，我明確地感覺到貼著玻璃窗，外面就是無限的空間，還有老鷹在窗外盤旋，視線向東南可以遠達香港島的山峰和島外的青天；向西北視線可以觸及綿延神州的大帽山和太平洋。在香港能有這種空間，怎麼會不感到舒暢和安穩？

我還向華景山莊地面的空間探索。華景山莊旁竟然有一座供住戶散步用的小山。因為是山莊的私人產業，所植的松樹、木麻黃、油桐樹、相思樹，三十年來長得鬱鬱

蔥蔥。比起周圍山坡上的樹林，顯得生氣盈盈。因此我常在清晨和黃昏去散步，可以上下來回走出二十五分鐘的山路來。

還有，華景山莊居然有秘道通金山郊野公園。過去七年，我加入了一個由城市大學和浸會大學老師組成的行山隊，每年由十一月的秋天走到次年的四月，領隊是鄭培凱教授，他帶我們走遍了新界、九龍、港島的山徑。到了二〇一一年四月鄭領隊離港參加多個學術會議，不能帶隊，於是我們隊員就輪流當領導。我打起華景山莊的主意，既然在一個山頂上，周圍一定有山路可走。於是我在一個黃昏自己一個人四出探路。下山的馬路旁有個水泥梯往下走，是一個村子，在山溝裏有幾十戶人家，大白天也陰陰暗暗的。忽然一村子的狗都朝我吠，此路不可行也。

我看到下華景大樓和上華景大樓之間，有一條通道，被一道柵欄擋住，告示牌説「外人車輛不得通行」。既然我不是車輛，自然可以通行，往裏走是林蔭道，不久出現了一個水塔。再順環繞水塔的鐵絲網走，走了片刻前面出現一道向下的石階，旁也有個告示牌：麥理浩山徑，找到了。

於是在二〇一一年四月二十九日我們一行十人，走下了這條山徑，我説不上是領隊，因為上次探路只走下一小段山徑，前路就不認得了，結果是集體領隊，集體找路。

這次行山還驚喜連連。在一個小瞭望台上，看見壯闊的山景，層層山脈綿延，遠處雄踞獅子山，綠色的山樹圍繞住兩面鏡子一樣的小湖，是九龍接收水塘和九龍副水塘。而朝右望，山頭上白色城堡華景山莊出現眼角。記得在我山居窗前向東南望，看得見山中遠遠有潮州茶的茶杯一樣的小水塘，應該就是這個九龍副水塘。之後一路下山，走沒多久，一回頭又見到華景山莊立在山頂，像是在送別我。我們環繞那兩個水塘而行，走下一條泥路山徑，進入了金山郊野公園的九龍水塘徑。在壩上望下去，洩洪道下的河道旁有群猴在嬉戲，過了壩走向出路的大埔道，抬頭看遙遠處，小小的華景山莊不棄不離地站在山頭。

原來華景山莊直接通向整個港九新界綿綿延延的青山山徑呢。等我回到台灣，會懷念華景山莊的城堡生活，隱士山居生活，還有懷念與她血脈相連的香港大地。

二〇一二年五月三日

關醫生的關愛

認識關醫生是一九七七年初的事，一眨眼已經超過三十年。他長胡金銓十歲左右，兩人是北京匯文中學前後期同學。那時我方由美國到香港來定居。家父家母由高雄飛來香港參加婚禮。因為旅途勞頓，父親的腰上長出紅腫的一條線，俗稱「過腰龍」，聽說如果龍在腰上環成一圈，就有生命危險，這個傳說真把我嚇壞了，趕忙帶著父親去關醫生在尖沙嘴的診所。關醫生神定氣閒地對父親說，「是過濾性病毒，不必太擔心。」吃了關醫生的藥，父親的病況兩天就好轉，五天就痊癒了。

關醫生下藥很靈，真的是藥到病除。我在香港那十一年，常患氣管炎，咳得很厲害，又不能吃抗生素，因為會過敏。只有關醫生能治我這個病。一九八九年我回台灣以後，那兒醫生的藥都沒什麼效。關醫生給我開非抗生素的藥，五天之內，一定會痊癒。父親對關醫生心服口服，他後來有高血壓的毛病，捨近求遠，要我在香港向關醫生問診，請他開藥方，我自己去買藥帶回高雄。而關醫生是從來不向我收診金的。金銓有大小病痛，也是去看關醫生，當然也不收他診金，還附送藥。我想這一定是因為他們兩人是老同學的緣故，用關醫生的話，他們常在一起「飲宴談笑」成了「濃如酒的朋友」的緣故，我也因而受益。後來漸漸發現，關醫生對其他幾位藝文界的朋友，也是不收診金的，包括胡菊人、戴天、蕭銅、羅孚。想是因為他與這些文友相交，欣賞他們的真誠和才華，所以照顧他們的身體和健康，以表現他的關愛。

關醫生愛護藝文界的朋友，一定有他的原因。他本來就喜歡文學和藝術，他更欣賞美麗的人、地、事、物。在他尖沙嘴的診所中，牆上掛了五、六幅油畫，畫的是美麗的少女頭像，或少女半身像。原來那是關醫生自己的畫作。

關醫生的面貌令我聯想到關公。棗紅色的臉，寬下巴，斜傾向上的丹鳳眼，有一股穩然的氣勢，步履凝重。想來他有可能是關公的後人，也就見怪不怪。他個性沉穩，話不多，在診所中他尤其嚴肅認真，但與朋友相聚時，卻很輕鬆，常笑嘻嘻的，是位面冷心熱，細水長流型的朋友。後來問他，他說關雲長真的可能是他的老祖宗，因為他的祖先是由山西遷到河北的韓家莊，而關公就是山西人。

關醫生是香港大學醫學院畢業的，他醫術高明的一個原因是他非常用功。在他診所的辦公桌上，常有攤開的、最尖端的英美醫學期刊，因此他對醫學上的最新發現，

最新病例和治療法，都有研究。在香港，他是名醫，不少巨賈與政壇要人都是他的病人客戶。但是關醫生卻用很多時間來向大眾推廣醫學知識，除了在報紙上寫專欄，介紹保健的常識，他還親筆翻譯讀者文摘有限公司出版的 *Family Medical Adviser* 為中文。他的中譯本於一九八五年同由讀者文摘有限公司出版，是為《家庭健康指南》，長達六、七百頁。關醫生的仁心仁術就顯現在這本書上。對一位名醫而言，時間就代表巨額的金錢。他寧願用很多的時間，堅持把這本書翻譯出來，好讓無數的人受益，這就是一種無私的情懷。這本書他送了一本給金銓與我，二十多年來，每當父母或親人或我自己有什麼不適，我都會先徵詢這本書，它不僅豐富了我的醫學常識，也安了我的心。此外，他把歷年所寫普及醫學知識的文章結集，共出了六本書。

我是在台灣長大的，那時候台灣的醫科畢業生是天之驕子，多少家財萬貫的富翁捧著女兒和嫁妝擠上門來，嫁妝通常包括附有全套傢俬的洋房一座，再加上附有開張設備的診所。所以我會特別注意醫生們的醫德，尤其是他們掌控了人們回復健康的鑰匙，甚至是起死回生的方法。我特別佩服心繫病人，無私無我的醫生。一九八〇年我就寫了一篇文章〈一個美麗的香港人〉，描寫一位香港僑生廖慶源，在台大醫學院畢業以後，到當時落後的蘭嶼島上，在達悟族原住民中行醫的故事。關醫生也是一位我佩服的醫生。他珍惜文化人所代表的文化，用最切實的方式——照顧他們的身體——來關愛他們。他也無私地為天下有病痛的人付出，翻譯《家庭健康指南》與寫普及醫學知識的文章就是見證。

《城市文藝》總第三十六期，二〇〇九年一月十五日

嚴太太的慈心

二〇一四年夏，香港大學副校長、多國的工程院院士李焯芬教授，寄來一大袋的資料，是有關「韓國新羅歷史文化之旅」的旅行團。行程中的海印寺、佛國寺、通度寺在三十多年前我去過，那時胡金銓在韓國拍電影《空山靈雨》和《山中傳奇》，我常去探班和帶補充品過去。於是興起了舊地重遊之念。我回電話給李教授說我想參加這個旅行團，李教授說：「你記得三年多以前我們跟著嚴先生、嚴太太去廣東肇慶學院的事嗎？嚴先生幾個月前去世了，本來我要陪嚴太太去韓國，讓她放鬆一下心情，可是近來我身體不太好，不能去了。你能幫忙照顧她嗎？她八十了。」我當然非常樂意。

結識嚴寬祜、崔常敏夫婦是二〇一〇年冬的事，他們的福慧慈善基金發放獎學金給內地貧困家庭的學生，還捐款蓋一些大專和小學急需的校舍和圖書館。他們夫婦託李教授找一位學者，去跟肇慶學院的同學談談人生、談談修養，李教授就推薦了我。

我們幾個人在香港上了一輛休旅車駛去廣東肇慶。嚴氏伉儷兩位個子都不高，但是活力充沛。嚴先生頭戴一頂灰色的毛線帽，身穿黑色的棉襖、黑長褲，眼中發散慈祥的光輝，他不多說話。嚴太太有一張小圓臉，總是笑著說話，嗓子甜甜的、微帶沙聲，是一種聽過就不會忘記的聲音。在肇慶學院的一間教室中，我看見嚴太太親手把現金一一發給一百多位大學學生，嚴先生站在一邊認真地觀看。我也去參觀了他們基金會捐款給學院新蓋的圖書館，閱覽室和書庫都很寬敞，而且樓頂很高。

嚴先生是一位香港企業家。一九九五年他們夫婦與友人以三千萬港幣成立福慧慈善基金，用其孳生的利息和善心人的捐款，每年投入幾百萬元在大陸行善，至今應該已經幫助了幾萬名學生。基金會每年向二十餘間大專院校發放獎學金。除定期資助大專院校學生外，還設有個別助學方案，幫助品學兼優的窮困高中學生，就讀大學。受惠的學生大多來自務農的家庭，家長收入微薄。因為孩子有志向上，渴望升學，很多家長為供孩子上學節衣縮食，甚至負債累累，有些家庭為了供一個孩子上大學或高中，被迫讓另一個孩子輟學。嚴氏夫婦二人每年專程去大陸十多次，從上海、天津、陝西等地的高校到四川、陝西、甘肅的小學，足跡遍及大江南北和偏遠鄉鎮。事畢，我們

由肇慶開車回香港，在高速公路的休息站，嚴太太買了十幾個紙箱的橘子送給同車的我們，也帶回香港給同事和朋友。看得出他們夫婦後半輩子就以給予和付出為事業。

二〇一四年十一月我到香港赤鱲角機場與韓國歷史文化之旅的團員會合。這次見到嚴太太，她的面容些許枯槁，笑容少了、話也少了，應該是為老伴的去世而傷心，也因為整整兩年照顧病重的丈夫，疲累不堪，現在還要一肩挑起慈善基金會主席的重擔。到了韓國我才見識到高齡八十的嚴太太之生龍活虎。每次帶隊的學者丁新豹教授講解古蹟歷史的時候，她都聚精會神地聽講。這次古蹟探訪之旅，也是考驗腳程之旅。不論是參訪上千年的佛教古寺，還是參觀幾百年前韓國的儒家學者講學的書院，下了車都要走上很長的一段山路。常常下車出發時，我們兩個人走在一起，但是不到十分鐘，嚴太太已經不見蹤影，她的腳程比我快很多，所以我一到目的地就得到處找她，當找到她時，她會說：「因為我怕落後，所以就走快一點。」我心想，說這句話的人倒應該是我，還說要我照顧她呢！

我唯一能幫到她的，就是替她張羅素食；這是因為全隊三十多個人，只有嚴太太一個人吃全素，所以每餐我都在事前提醒導遊要通知餐廳準備一份素食，但是五夜六天十六餐，餐廳大多沒有準備她的素食餐。我們旅行團每餐都是吃韓國料理，主菜或是烤肉，或是有大塊肉的一碗湯，或海鮮湯。我只有向那一小碟一小碟的佐菜下手。她不吃辣，所以那麼多碟帶紅色辣椒粉的泡菜、醃蘿蔔、酸黃瓜都無奈地放棄，只能找不辣的小碟青菜，或豆腐，或海帶。如果出現小碟的黑豆，就是天大的運氣，嚴太太認為它是人間美味。我不但把我那碟給她，還跟其他團員要、跟餐廳要。只要有黑豆，她就一副心滿意足的樣子。她說：「沒有菜也沒有關係，吃白飯也行，我鍾意吃白飯。」也許她在前輩子做過苦行僧。六天下來，她開朗了一些，也恢復了她滔滔的口才。

這三年她還是跟先生在世時一樣，每年去十多間大學把獎學金親手一一發給貧窮的同學，也常跟同學們通信，鼓勵他們。只是現在不再有先生結伴，而是由基金會的同仁或義工同行。二十年下來，他們幫助過的學生不少進了一流大學，畢業後有些從事教師、工程師、醫生的職業，有些成為專業的廚師、護理人員、技師。他們夫婦給太多年輕人上進的機會、提升自己的機會、幸福的機會。

二〇一六年我去香港探望她，跟李焯芬教授、基金會的譚溢鴻祕書長四人一同進餐，之後到嚴太太的住所小聚。她住在港島一棟服務式住宅大樓中。原來他們夫婦住

的單位不大，只有一房一廳，家具樸實、布置簡單，倒是兩面牆的書架都列滿了書。桌上放了嚴先生的照片。她說：「服務式住宅會每天有人來清掃和換床單，我連傭人都不必請，我生活只求簡單，每天白天去上班，晚上到姐姐家吃晚飯。」她又告訴我，不久以前她去一趟美國，兩個星期就把房產給處理了，那是他們在美國由一九七〇年代到一九九〇年代初的家，兒子就是在那裏長大的。朋友說房子的價格賣得太低了，她說買房子的人很高興和感激。至於房裏的家具，她挑揀好的送給他們夫婦以前護持過的佛教寺院，餘下的送給朋友，最後剩下的家具和器皿捐給了救世軍。她說所有的財產她會盡快一一處理，不會把麻煩留給兒子。大部分現款會捐給基金。財物越少，人越輕鬆。

二〇一七年我到位於上環的福慧慈善基金會辦公室去探望嚴太太。辦公室很寬敞，是善心人士捐贈給基金會的。我送給她和辦公室同仁兩盒澳門的特產杏仁餅，又送嚴太太一盒加拿大產的花旗參。她卻說自己一向不吃補品，因為煮起來嫌麻煩，所以不要送給她。我在小拖箱裏翻我帶的其他東西，找到在阿里山上買的兩塊檜木油肥皂，她高興地收下說：「這個我能用。」

我說：「你現在差不多每個月都去內地發獎學金，跑來跑去，累不累？」

她說：「不累，習慣了。而且我沒做什麼別的，全是慣做的事，我會做到生命的最後一刻，什麼時候走都沒有關係，因為沒有牽掛。」

她這句「因為沒有牽掛」震撼了我，這四十年來她全心全意，實實在在地幫助數以萬計、有迫切需要的人，自然心安理得，活得自在，這種境界非常高超，多少人做得到？我更望塵莫及。我的眼眶濕了，她望著我，會心一笑。

原載《香港．人》，香港：匯智出版有限公司，二〇一八年

李教授讓我了解什麼是無我無私

李焯芬教授是著名的地質工程師和水利專家。只要看他的頭銜，都會認定他是成功的精英人士：加拿大工程院院士、香港工程科學院院士、中國工程院院士；任職包括香港大學副校長、饒宗頤學術館館長，和珠海學院校監，曾參與大陸多個水電、核電、大橋，以及建設專案的評估和設計論證；公益職務、政府公職、榮譽，多到數不清：包括香港福慧慈善基金會會長、香港中華文化促進中心理事會主席、香港政府授銀紫荊星章等等。

但據我的觀察，這些成就是表相，最令人佩服的是他無我無私的精神。

初次跟他業務上的接觸是十四年前，二〇〇六年，那時我在香港浸會大學任文學院院長，正帶領同仁舉辦第一屆「紅樓夢獎．世界華文長篇小說獎」。七月決審團選出賈平凹的《秦腔》為首獎，九月賈平凹來參加頒獎典禮，我安排典禮後舉行晚宴。主桌上邀請到三位大學校長級人物，即浸會大學吳清輝校長，台灣清華大學劉炯朗前校長，還有香港大學李焯芬副校長。其實劉校長和李副校長我根本不熟，怎麼請得到呢？三位都愛好文學，李焯芬本人還是散文家。可以想像他們會喜歡跟賈平凹見面。在筵席上我聽見鶴髮童顏的劉校長幽默地問李副校長：「怎麼你也來了？」慈眉善目的李副校長說：「是啊，就這樣來了。」

我聽說李副校長是佛教徒，就跟他說，我是台南菩提寺白雲老禪師的弟子，有一個願望：非常想到粵北的南華寺去禮拜禪宗六祖惠能大師的真身。沒想到他聽進去了，第二年二〇〇七年七月，我真的成行了，李焯芬教授安排香港的願炯法師，帶領我和洪麗孟居士一同到南華寺。

願炯法師曾在南華寺擔任教授師，熟門熟路，他帶我們直入圍欄裏近距離叩拜六祖真身。之後又帶我們到乳源縣大覺寺參訪雲門宗佛源老和尚。因為願炯法師是大覺寺的首座，麗孟和我竟有難得的機會單獨跟老和尚參學兩個早上。這些經驗成為十年後我創作的真材實料。李教授有一點像菩薩，他回應別人提升自己的深切願望，幫助人達成，而且一定這般幫助了很多人。

過了三年，二〇一〇年冬，香港福慧慈善基金的嚴寬祜和嚴崔常敏夫婦邀請我到廣東的肇慶學院演講，給學生談人生和修養，這也是李教授推薦的。此行中我體驗到

嚴氏夫婦的善行和李教授的無我。嚴寬祜是香港企業家，他們夫婦在一九九五年成立福慧慈善基金會，全心幫助最乏匱的人，助學、濟貧、資助孤兒、病患，設圖書館、蓋校舍。當時嚴先生八十多歲、嚴夫人七十多歲，兩個人精瘦、神采奕奕，在學院的一間教室裏，夫人把助學金一一發放給一百多個學生，先生微笑站在一旁觀看。

嚴氏夫婦忙發放助學金，我忙演講，而李焯芬教授全程都在，他忙什麼呢？他沒有做什麼。其實他是大忙人，擔任香港大學副校長，還有各種慈善、公益職務，卻在百忙中抽出時間，甘心陪伴我們，給我們打氣，只因為他身兼福慧慈善基金會會長。他真是無我。

我還留意到他在觀察我，仔細聽我的演講，他靜靜地坐在後面的坐位，圓圓的臉、微笑的嘴角、神色安然隨興。講完，學生來找我問問題，我跟學生互動時，他還拍了照。驀然領悟他這三年一直默默觀察我的言行，通過了一些尺度，他才向嚴氏夫婦推薦我跟學生演講。

之後每年李教授都引介我參與有意義的活動。二〇一一年，李教授推薦我去河北省的古寺柏林禪寺，在其暑期大學生禪修營演講；二〇一二年我由香港浸會大學退休，他介紹我參加九月由香港慈善機構和文化機構組成的敦煌文化考察團，帶團的講解老師就是李教授夫人李美賢女士。

因為這些經驗，我的內在世界大大拓寬。次年我應聘到澳門大學任書院院長。澳大的書院制度是依據劍橋大學和耶魯大學的模式建立的，以培養書院學生的健全人格為目標。在鄭裕彤書院創立的第一年，我設計了一系列的講座，以提升學生的人格素質，其中當然邀請了李焯芬教授。

事前跟李教授溝通，希望他能講他在讀中學時，如何決定自己將來要投入水利工程事業，所以題目定為「當年我為何選擇讀水利工程？」他講下來，不僅學生受益，學習到如何規畫和實踐自己的理想，我對李教授也有進一步的了解，原來還有這段過程：他在香港讀中學的時候，對文學和數理都喜愛，尤其喜歡寫作。當時他大量閱讀五四運動及其後的新文學小說，了解到大陸萬千農民生活艱苦，遭遇乾旱、水淹等各種災難，無數人困頓而死。於是他思考將來學什麼能夠幫到受苦的人民？中華民族幾千年來饑荒、瘟疫、盜匪、戰亂的問題大都起源於水災、旱災，而水旱災問題的解決之道，就在水利工程。所以讀高中時，他決定投考水利工程系。

但是當年李焯芬報考的香港大學沒有水利工程系，最接近的學科就是土木工程。他讀完港大土木工程系的學士、碩士，再到以水利工程出名的加拿大，獲得西安大略

大學岩石工程的博士學位，之後在加拿大安大略省的水電局、水電公司工作二十年，專精水利工程，做到頂端，出任總工程師、工程部門總經理。四十九歲的時候香港大學聘請他回母校擔任教授，從此李教授常常進入大陸，協助各地區的水電站、大橋工程，包括長江三峽大壩的建築。至此李教授實踐了他少年時期的理想，為中華民族大地上受水、旱災之苦的民眾解決問題。我這才知道，李教授是發了大願的人，十幾歲的少年居然能發大願，發拯救民眾於水火的大願，而且一生堅毅地實現這個願望，太了不起了。

二〇一四年夏天，跟李教授通電話時，他說：「你記得三、四年前跟嚴先生、嚴夫人去廣東肇慶學院的事嗎？嚴先生幾個月前去世了，本來我十一月要陪嚴夫人參加『韓國新羅歷史文化之旅』旅行團，讓她放鬆一下心情，可是近來我身體不太好，不能去，你能幫忙照顧她嗎？她八十歲了。」

於是我參加了這個旅行團，參訪了韓國的佛寺和書院。這些古蹟在深山裏，要走漫長的山路，嚴夫人的腳程竟然比我快很多，我跟都跟不上，遑論行山時照顧她了，只有在替她張羅素食上盡了一點心。

但是真正令嚴夫人和我兩人都擔心的是李教授的病情：他得的是惡性皮膚腫瘤。

這麼慈悲的人怎麼會得這麼險惡的病呢？我們兩人的結論是：李教授完全不顧自己，除了工作上需要協助的，只要是幫助人的、只要是有利教化人心的，他沒有不忘我地積極參加。他透支了體力、精力，於是生重病了。在治療後期，他的小腿上還有一片十公分長、橢圓形的潰爛，看得我觸目驚心。然而內心充滿智慧的李教授調整生活步調。經過治療，慢慢痊癒了。

二〇一五年夏天，我在澳門大學任書院院長一年多，發現住書院的四百五十名學生中，最需要幫助的，不是清貧學生，因為澳門政府和大學有各種獎助學金可以申請。最需要幫助的是情緒不穩定的學生。

書院有四位專任老師：院長、副院長、兩位導師，我們用很多精力跟這些情緒不穩的學生談心，不少因為得到關切而變得穩定和正向。但是罹患憂鬱症、躁鬱症、妄想症的同學，不是我們四人能處理的，導師常輔導到睡眠不足，精神快崩潰了。這些學生需要的是專業協助，而那時整個大學八千位學生，只有五位心理輔導師。

我決定向香港福慧慈善基金會提出計畫，每年申請一些經費，加上書院自己的預算，來聘請一位半職的專業心理輔導師，加入導師團隊。所以我一有機會就到香港跟基金會的李教授、嚴夫人、副會長譚溢鴻開會，其實心中竊喜，能跟這些德行深厚的

大善人多相處一分鐘，都是我的福分。

二〇一八年三月我由學術界退休，從澳門回到高雄定居，因此有空閒各處訪友。四月份來港，很幸運三位香港佛教界舉足輕重的居士：東蓮覺苑總監吳志軒、李焯芬教授、佛門網總編輯林國才幫我做香港東蓮覺苑的導覽。李教授說你下次來港，我帶你參觀大嶼山寶蓮禪寺和一個很特別的地方。於是我安排在隔年三月特地來香港一趟，並邀請好友香港散文家黃秀蓮和王冰居士同行。原來李教授計畫帶我們參觀「很特別的地方」就是——心經簡林。

參訪完寶蓮禪寺後，我們四人走入東南方向的樹林之中，見到一僧人推的輪椅上坐著一位年長的、消瘦的長老，他和李教授熟絡地打招呼。李教授介紹他是寶蓮禪寺的前任住持智慧法師，是他推動大佛的修建和寶蓮禪寺的擴充。在林間小徑上，李教授用平淡的口氣跟我陳述籌建心經簡林的經過。他說：「二〇〇二年香港經濟尚未走出衰退，饒宗頤教授心繫港人，揮毫寫下《心經》，為香港祈福；二〇〇三年香港政府決定把饒教授的墨寶，做成藝術品地標。」

我問：「用什麼材質來雕刻饒老的墨寶呢？」

李教授說：「我們用花梨木柱，做了防潮、防蟲處理。因為漢朝用竹簡來書寫，我們用大木片，聚木片成林，所以這個景點的名稱叫『心經簡林』。」

心想這真是異想天開。驀然前方山坡上出現許多根長柱形的巨木，每根木柱有四、五個人那麼高，木頭上雕刻了《心經》的字句。共三十八根，順著山勢地形羅列在坡地上，像是無數巨人的手指舉向天空祈福，世界有始以來沒有這樣的藝術品，材質和構想都獨一無二，而且氣勢磅礴。

為什麼李教授帶我來看呢？是來觀賞藝術景點？我想他很可能就是這件大藝術品背後創意的設計者。我上網查，果然李教授是整個專案的技術評核小組主席，負責指導和監督其建造。但是去心經簡林那天，他從頭到尾沒有對我提一句他曾經參與過這項工作。他是位自我意識很低的人。我想他擔任那麼多有名譽、有地位的公職，不是為了這些職務的名望，而是有地位、有人脈以後，可以推動善行，可以引薦人參與善舉、可以運用政府的力量，進行創意的活動和創建超越的藝術品。這是他的無私之心。

《人間福報》，二〇二〇年九月十五日

隆迅法師：大學校長出家

二〇一九年春在我的 Messenger 信箱裏，收到隆迅法師的來信：「鍾玲你好，我是孫大姊的女兒，知道你也信佛。有一次和顧炯法師去拜見白雲長老，他也提到你。」原來隆迅法師是孫大姊的女兒！孫大姊，孫淡寧，香港《明報》報社編輯，筆名農婦，古道熱腸，活躍香港文化圈。一九七七年起那十年，胡金銓和我常跟孫大姊聚餐。顧炯法師則是二〇〇〇年代在香港結交的方外好友。

隆迅法師，俗家姓名馬遜。可能是民國以來第一位出家的大學校長，至少肯定是第一位出家的女性大學校長。何以她有出家的因緣？要由她外公說起，外公湖南人，不幸的是他寄以厚望的長子，十多歲就過世。外公傷心之餘，去聽明印老和尚講經，內容談生死問題，外公覺得彷彿是衝著他講的。聽畢跪下來求皈依老和尚，成為佛教徒。

馬遜的外婆、姨媽也成為虔誠佛教徒。一九四九年馬遜的父母逃難到香港，把兩

歲的馬遜留在長沙由姨媽照顧。姨媽帶著小馬遜拜佛誦經，並去朝拜湖北玉泉山佛寺的觀音菩薩。馬遜十一歲到香港，跟父母親團聚，入中學讀書。

引導她學佛的是高僧樂果老和尚（一八八四至一九七九）。那年為了準備中學會考，常到香港大會堂圖書館用功。一天瞥見一則大會堂佈告欄的告示：樂果老法師講《四十二章經》，就進場聽講。當高大而精神矍鑠的老和尚進場時，不知怎的，她眼淚不停地流。此後，顧不得備考，每週末都去聽經。

馬遜以僑生身分考入台灣大學化工系，四年後一九七〇年大學畢業回香港，攜帶著一盒台灣產的銀耳，到聞性精舍找樂果老和尚，即刻跪下一拜，喊：「師父！」八十六歲的老和尚睜開眼說：「你來了，我正想，那孩子怎麼不來了呢？這下可好了，徒弟找到師父啦！」

他洞悉馬遜的來意！她正式皈依老和尚。他為她講解《金剛經》、《彌陀經》、《楞嚴經》。馬遜隱隱感覺她前世曾是出家人，才會對老和尚、對佛經有這麼強的感應。那兩年她一面跟老和尚學佛，一面在中學教書，好存錢到德國進修。之後她獲得德國阿亨工科大學的博士學位，到台南成功大學化學系任教十五年。

另一位由香港到台灣來的教育家是曉雲法師（一九一二至二〇〇四）。馬遜留學德

國時，曉雲到歐洲弘法和辦畫展，他們就認識了。兩人的佛門師承也有關聯，曉雲的師父是倓虛老和尚（一八七五至一九六三），馬遜的皈依師父是樂果老和尚，兩位長老在一九四九年後到香港弘法，對大陸以外地區的華人社會影響很大，乃香港的天台宗東北三老其中二位，且彼此相熟。一九九〇年曉雲在台北成立華梵工學院，後改名為華梵大學。一九九五年華梵大學招聘校長。真是機緣巧合，馬遜在曉雲力邀之下應聘。那年馬遜四十九歲，創校人曉雲法師已八十四歲了。馬遜擔任校長十年，擴充了大學的規模，增設五個碩士班、四個系增班；舉辦許多國際會議；跟各國的大學辦交流、交換活動，尤其是跟日本的佛教大學；還提升教授們的學術水準。

馬遜跟曉雲法師成為莫逆之交，馬遜在華梵大學期間常跟曉雲長談，商議將來要出家，說好等大學發展穩固便圓頂。夢參長老（一九一五至二〇一七）是倓虛老和尚一九三〇年代收的弟子，所以夢參即曉雲的師兄，二〇〇二年夢參應曉雲邀請來訪華梵大學。於是馬遜找到出家修行的師父了：高僧夢參。二〇〇四年十月曉雲法師圓寂，因緣成熟，馬遜二〇〇五年辭校長之職，辦了離校手續。次年春赴五台山，依止夢參長老剃度，法號隆迅。

二〇一九年我在臉書上看見隆迅法師因癌症動手術的消息，心想事不宜遲，趕緊去探望她。約了二〇二〇年二月十四日見面，知道她還在治療中，問她午餐完我要不要早點離開，她好午休？她說難得見面，可以喝茶和咖啡提神。我專程由高雄到她台北的精舍，在她客廳聊天，她的臉白皙，有一點腫，看來身體虛弱，因為經歷了多次手術和化療，但是精神旺盛，真誠坦然。她的談興很高，由香港的生活談到出家經過，談到去五台山參加夢參老和尚的告別式。我知道她最掛念的事是修行和宣講佛經，只要她病情稍緩解，就會去淨空老和尚的佛陀教育基金講堂弘法。隆迅法師的俗家弟子周瑾瑜說：「有一次她講經的時候，癌症的巨痛發作，她努力撐著，講完昏倒在台上！」嚴重的癌症動搖不了她渡人的意志。

佛教的十戒中，第六、七、八、十戒都跟守貧、去貪念有關。隆迅法師戒行清淨，周瑾瑜說法師不接受信徒的供養，說大學退休金夠她的生活用度。瑾瑜還說：「二〇一七年十一月二十七日法師的師父夢參長老圓寂，她一接到消息就訂機票、收拾箱子，去五台山參加十二月三日的告別式，她連羊毛衛生衣、羽絨外套、手套都沒有，於是我匆匆幫她購置。」在她身上我見到發了大願的戒行典範。

隆迅法師是科學家，她這般言簡意賅地說：「以『色不異空、空不異色』為例。空並非什麼都沒有，從科學來說，空不是絕對空，即使沒有形體，還有無形無相的磁場

和能量。」二〇二一年五月新冠肺炎蔓延台灣時，她說了語重心長的話：「這一次的劫難，是所謂的共業，希望大家不要輕忽，業力太大了，我們要集氣，提高免疫力。其他芸芸眾生心態如何，且不必理會。最重要的是我們自己，是不是有決心……為自己、為家人、為台灣、為人類，貢獻江河之一滴，提高免疫的正能量……不要忘記以至誠心、大悲心、返觀自照，祈求佛菩薩慈悲加護，讓一切有緣人，一切苦難眾生早日離苦得樂。」

隆迅法師於二〇二二年八月二十三日圓寂，享壽七十六。

《聯合報》，二〇二三年四月二十七日

創意文學院

最料不到自己人生大轉折的往往就是自己。十四年前一九八九年由香港回到高雄市，在中山大學任教，以為會一直在南台灣生活下去，完全沒想到人生之旅會有香港浸會大學文學院院長這一站，真是「峰迴路轉，有亭翼然」，山路上轉過一座青峰，忽然見到醉翁亭般的美景。

來香港以前就聽說八間大學校長中有四位特別重視文化，浸大的吳清輝校長自不在話下，還有中文大學的金耀基校長，城市大學的張信剛校長及嶺南大學的陳坤耀校長。來到以後才知道，在香港政府大量削減大學經費的情況下，吳校長仍然全力扶持文學藝術活動，這是因為背後有其理想和理念。在吳校長的主導下，浸大把「激勵創作」**creativity inspiring** 訂定為大學角色的大方向之一。我來之前他已補助音樂美術系增聘一位美術方面的專任教師；我來以後，更與他共商推動文藝的大計。

我想大學不應該只是傳授職業技能的地方，那去讀所謂的高職（職業技術高級中

學）就能解決。大學也不應該只是學子追隨教授研究學問的地方，那是研究院與研究所的功能。大學最重要的功能之一是人格教育。我們可以在校園中造成一種文化氛圍，讓學子浸潤其中，激發其創意，發揮他們的想像力和感受力，他們會更了解自己的、他人的思維和感受。激發創意和想像力可以協助他們未來在事業上出人頭地；打磨他們的感受力則可以增進他們處理人際關係的能力。

上任沒多久，我就開始推動文藝活動。第一樁是二〇〇四年一月十五日晚上舉行的獅子山詩歌朗誦會，邀請本港知名詩人（許多是雙年獎的得主）也斯、崑南、飲江、葉輝、黃國彬、蔡炎培、關夢南、羈魂，及浸大作家群中的吳淑鈿、周兆祥、胡燕青、陳中禧、陳寶珍、黃嫣梨、盧偉力、鍾玲、羅貴祥、**G. B. Bickley** 來朗誦作品。既以詩歌為題，朗誦之同時也安排了鋼琴或吉他之伴奏。會場還會展出浸大學生的詩歌創作。當初訂定活動名稱時有一段插曲，因為浸大位於九龍塘，所以我提議用「九龍塘詩歌朗誦會」，胡燕青卻大呼不可，原來這個名稱會令人聯想到九龍塘某種掩掩藏藏的營業。

接下來二月至四月邀請了陳映真擔任本校的駐校作家。多年前我讀他的〈將軍族〉，在課堂上教他的〈將軍族〉，就已衷心認為陳映真是當代最富人道情懷的小說家之

一，他曾說文學能：「使受凌辱的人找回尊嚴，使悲傷的人得安慰，使沮喪的人恢復勇氣。」他的小說就體現了這些特色。陳映真將為浸大學生主持小說創作坊，並在三、四月間對外公開演說四次，題目為：「我的寫作與台灣社會的嬗變」。

浸大文學院不僅將舉辦文藝活動，而且會把創作融入各系的課程之中。浸大本來就文風熾盛，七十年代就有小說家徐訏任文學院院長。如今教職員中作者多達十五位。文學院的中文系、語文中心及英文系都已開了好幾年的小說、詩歌、散文創作課。音樂美術系教師中也有兩位知名的作曲家。到任以後更與文潔華博士共同推動在人文學課程增加以創作與專業寫作為主的學士課程。二〇〇四年春音樂美術系也將加開國畫與書法的課。期望文學院全面朝創意的文學藝術方向推進，提供給浸大全校師生及香港居民一席席的文化心靈饗宴。

真沒想到來香港可以實現我潛伏的夢想。記得一九九七年至二〇〇三年出任中山大學文學院院長期間，我以學術為本位，曾大力推動學術研究，主辦過幾次大型國際學術會議，但每次都一反台灣學術界的常規，在嚴肅的學術研討會中夾帶舉辦詩情畫意的文藝活動。像是在「海洋與文藝國際學術會議」中加一場詩歌朗讀會，請余光中、蕭蕭、汪啟疆等來朗誦他們寫的海洋詩；並且請攝影家王慶華展出他的海底生態作

品；又請海軍官校學生朗誦英詩“Sea Fever”；音樂系高材生演唱：「海燕、在銀色月光下」；請報道文學獎得主廖鴻基報告他的賞鯨經驗。如今在香港不必掩人耳目地夾帶文藝活動，而是光明正大地推行。

其實我六歲唸小學一年級時就常舉辦文藝活動！這是一位童年玩伴在四十年後告訴我的，我自己卻早忘了。她說那時她左鄰右舍幾個四歲到八、九歲的小朋友都渴望我常去他們村子玩，因為我不只給他們說故事，說完故事還給他們每一個人派角色，導演他們把故事演出來。她記得非常清晰她扮七小矮人其中一個，她說：這段經驗，四十年後記憶猶新。

小時候發生大大小小的事，多到數不清，何以她偏偏記得這一樁呢？我認為因為那是創意經驗的緣故。想來這顆創意的種子埋在她的童年，一定早已發芽，而且開放過許多花朵了。

《明報》，二〇〇四年一月十日

香港浸會大學國際作家工作坊的創設

一

二〇〇三年八月，我離開位於高雄的國立中山大學，赴香港出任香港浸會大學的文學院院長。香港各大學的院長一職與台灣不同，是全職的行政職務，大學會把經費的運用分配和學院的規畫發展，全交給院長負責。而在學術上，院長要身為表率，發表學術論文和專書。沒想到我在香港任院長，除了領導文學院的學術發展，還創立了兩個大型的文學創作計畫，就是國際作家工作坊和紅樓夢獎：世界華文長篇小說獎。這是美好的機緣，也是我的夙願。

浸大校長吳清輝的學術專業是化學，但他對當代文學興趣濃厚。我就任的第二個月，他對我說：「我們請作家來駐校好嗎？駐好幾個月的那種，我撥二十萬港幣給你，舉辦兩年。」

現在兩岸四地的許多大學都請了駐校作家，但是在二〇〇三年是稀有的事，在香港可以說是從來沒有過。我的運氣太好了，遇上那麼雅好文學的校長。他還跟我建議人選，說請黃春明罷。我愣住了，他認識黃春明嗎？原來吳校長跟黃春明、陳映真、尉天驄很熟，他每次到台北公幹，都會順便探訪他們。這個中文駐校作家計畫在二〇〇四年春開辦，二〇〇五年併入新創立的國際作家工作坊。

二〇〇三年十一月，我與黃春明通長途電話，邀請他出任二〇〇四年春的駐校作家，駐校三個月。到第二次通電話，他爽快地答應他們夫妻會一同來。於是我著手規畫宣傳工作和活動。到了十二月，黃春明給我打長途電話，說太太林美英因為兒子國峻去逝，不到半年，非常悲痛，不想離開台灣，所以他不能來港了。我了解他們痛苦的心情，但駐校作家計畫怎麼辦？我靈機一動，在電話中對他說：「那黃春明你幫我找映真代替你好嗎？」

隔天打電話給陳映真，就敲定他與太太陳麗娜在二〇〇四年三至五月來駐校，住在浸大賓館的套房。這三個月之中，我們替陳映真舉辦了大型演講會、小說創作工作坊、與香港本地作家的交流座談會等。陳映真對理想的堅持，他的人格魅力深深吸引了香港人，演講有二百多人出席，文學院辦公室還忙著替他安排記者採訪的要求，許多香港報刊登出有深度的採訪文章。

二

我是在二〇一二年由浸會大學退休，二〇〇五至二〇一二年國際作家工作坊的中文駐校作家計畫，先後請了李渝、李銳、瘂弦、韓少功、黃春明、張煒、駱以軍、閻連科八位，分別來自台灣、大陸和海外。

既然稱之為國際作家工作坊，必然有國際作家來訪的部分。二〇〇三年年底吳校長又跟我說：「我們來辦一個國際作家計畫，像愛荷華大學那樣，你去寫計畫書，編列經費，募款由我來想辦法。」我就與任教香港科技大學的老朋友鄭樹森教授研究，如何與愛荷華大學的國際作家計畫有所區分。他們每年請三、四十位作家，來自世界各地，我們的規模可以小些，每年約九位，其中兩位是兩岸的作家。他們請作家時是沒有主題的，我們可以有主題，這樣舉辦對外大型活動時，可以有一個明確的主題，作家們發言和討論，也會有交集點。第一次二〇〇四年秋辦的主題是「後殖民地英語國家的作家」，這是鄭樹森建議的題目，那時有關後殖民主義的研究方興未艾，而邀請英語國家的作者，在溝通上，面對香港聽眾，會比較方便。

為了尋找國際作家，我們成立了一個顧問委員會，成員包括聶華苓、瑞典的馬悅

然、愛荷華國際作家工作坊主任 Christopher Merrill、鄭樹森、翻譯家葛浩文、加勒比海巴巴多的知名作家 Kamau Brathwaite 等，請他們幫忙建議人選。

吳校長有一位企業家朋友，洪祖杭先生，本身喜歡運動，在二〇〇四年以前都支持浸大的體育項目。吳校長跟他說：「你這次支持一個很特別的文學計畫，辦有全球前瞻性的文化活動，叫國際作家工作坊，如何？」我提交的計畫書預算為一年港幣一百二十五萬元，四年共港幣五百萬元，洪先生真的捐助了。預算內容包括作家的機票費用、住宿費用、他們駐校一個月的酬金、舉辦活動的費用，還有他們到大陸交流的交通費、助理費用等。

我也學會了如何與捐款人保持暢通的聯繫。在二〇〇五年辦完了二〇〇四年秋的後殖民地英語國家的作家團，以及二〇〇五年春中文駐校作家李渝的活動後，我寫了報告書及附活動照片，求見洪祖杭先生，向他作簡報。他在中環的辦公室見我，本人黝黑而健壯，看不出年近六十。他和善地望著我作報告，聽完報告他說：「我太太宗巧筠也是台灣人，她對文藝方面有興趣，以後安排你與她直接聯繫。」宗巧筠女士以後只要人在香港，都會出席我們辦的大型活動，如為九位國際作家在香港酒店辦的歡迎茶會及朗誦會。到二〇〇八年辦第四屆活動時，向洪祖杭先生申請第二個四年計畫的經費時，他又慷慨捐款五百萬港元。另外，還有我的朋友葉璧光女士，由她父母的基金 The Mr. and Mrs. Yeh Mou Chong Charitable Trust 也捐款贊助這個項目。我們文學院盡量節省，洪先生贊助的八年經費，加上葉女士的捐助，我們辦了九年半的活動。現由文學院負責經費。

我們邀請國際作家的主題分為兩類，一類是以文化課題為主題，包括「後殖民地英語國家的作家」、「了解伊斯蘭世界及其作家」、「大自然寫作」、「海洋與水岸寫作」、「書寫大都會」；第二類是邀請某一人文地理地區的作家，如「來自東歐的作家」、「太平洋作家」、「地中海作家」、「北歐及中歐作家」等。我想我們的方向是正確的。愛荷華作家計畫常是辦個別作家的作品朗誦會，我們可以為所有作家一同辦朗誦會或討論會，因為有一個共通的主題或統一的地域性。作家彼此之間也建立了友誼，因為有共通性。香港有一個民間機構 Hong Kong International Literary Festival，每年十一月請國際作家來演講或朗誦，但是他們所有活動都收費的。浸大的國際作家工作坊所有活動都是免費的，並且有些活動走入市民當中，如中文駐校作家會在港島的中央圖書館舉辦公開演講，國際作家團也會與香港本地的英文寫作詩會 Poetry Out Loud 在中環的藝穗會聯合舉辦英文詩歌朗誦會。

二〇〇四年第一屆國際作家團「後殖民地英語國家的作家」，請了兩位印度作家、一位南非作家、一位非洲迦納作家、兩位加勒比海地區作家、馬來西亞的黎紫書、台灣的駱以軍、大陸的蔣韻，共九位。來自非洲和加勒比海的作家都很活潑，加勒比海聖馬丁的拉沙拿．塞古 Lasana Sekou 朗誦詩歌的時候，一躍跳到桌子上朗誦，手舞足蹈。來自迦納的阿瑪．達可 Amma Darko 說她會巫術，當我們帶作家到大嶼山海上坐小舟時，竟有多隻中華白海豚跳出水面迎接，阿瑪笑說是她作的法。我們還帶團去北京作文化之旅，又與北京師範大學師生作交流。

三

香港成為國際大都會已經有半個世紀了，國際文化活動熱絡，像是具國際水準的電影節、音樂會等，但直到二十一世紀初，文學交流方面仍然欠缺。香港浸會大學的國際作家工作坊，在國際文學交流上為香港頻添華彩，令香港市民和學術界、文化界有機會面對面接觸來自世界各地的作家，以及了解他們的民族傳統，也讓各國的作家對香港留下了深刻的記憶。

《明報月刊》，二〇〇四年十二月號

第三輯

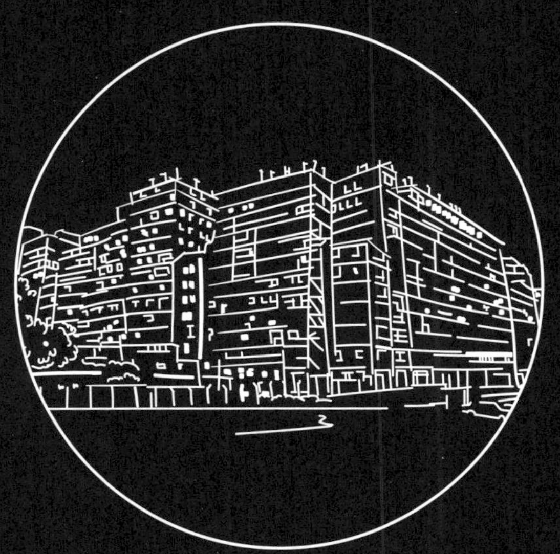

論溫健騮的〈銅駝悲〉

溫健騮寫了一首〈銅駝悲〉①，題目與李賀一首五言詩一模一樣。②在內容與技巧上，溫健騮吸取了李賀這首詩多少特色呢？他對李賀詩整體的理解，有沒有影響到這首詩的世界觀呢？溫健騮這首詩又有何獨創之處呢？下面是兩首詩的原文：

聽說你夜來便哭
學著星子的光，滴在
苦荊棘，你的淚
璨然的悲哀，而且銅質
不易銷蝕、消失
你眼角涼露的圓明

深宮、頹殿、鷩鳥、女垣
晚結的清亮裏影浮
那年她的手敲過響環
便有一隻鷓鴣在江南
咕咕地春啼
呀然的門後，另一隻手
浮霧地承住月光
接過她一方絲絹
裹了又裹的相思……
……
而且，你也見過將軍去時的
葉落水寒，日沒
像一隻河鳧的早棲
在灰蘆蕩子裏
影蕭蕭的晚了

但刀兵不厭倦殺伐
冬雪之後，你在硬寒中
初嘗一滴暖暖膩膩的血腥
一隻斷手握住她敲過的環
而那不是被折的初柳
遺落在早春時候

你哭的只是這些麼？
還是哭世間的每一個我
滄桑的雲
看不見天河慢慢捲起
像捲起一條軟軟的絲帶
被另一雙不斷折的手
在年光的白曇開——

落了以後？

——溫健騮〈銅駝悲〉

落魄三月罷，尋花去東家。
誰作送春曲，洛岸悲銅駝。
橋南多馬客，北山饒古人。
客飲杯中酒，駝悲千萬春。
生世莫徒勞，風吹盤上燭。
厭見桃株笑，銅駝夜來哭。

——李賀〈銅駝悲〉

並比兩首詩，相類之處並不太多。李賀詩中的地點是洛陽舊宮之南，行樂之地；溫詩的地點是「深宮、頹殿」。李賀詩中的主角是個「尋花」客，飲酒作樂；溫詩中的人物有「你」、「她」、「他」及「將軍」，而那對男女是飽嘗相思之苦的一對情人。唯一確鑿相同之處是兩首詩中都出現了哭泣的銅駝。而非常廣義地說，溫詩結尾一段可以

說是演繹李賀這句「駝悲千萬春」。而詩中那對情人的悲劇，也暗合李賀所說的「徒勞」一罷。

溫詩的故事成分很濃，這是不見於李賀這首詩的。角色起碼有四個。詩人直呼「銅駝」為「你」，增加了語調的親切。詩中的「她」住在「深宮、頹殿」中，又要以敲「響環」為暗號，與「他」相會，可能是身不由己的宮女。而「他」是什麼身份呢？由「一隻斷手握住她敲過的環」暗示，他可能是隨「將軍」出征，在刀兵殺伐之中，被人砍斷了手，死在環之下，而砍斷的手仍緊握住她握過的銅環。女主角「她」也不知所終。所以此詩以暗示手法，描寫一則生離死別的愛情悲劇。

詩中的「響環」是何物呢？也許是門環，但也可能是銅駝轡上的環。李賀詩中提到馬轡上有「金環」：「金環壓轡搖玲瓏」（〈高軒過〉，頁一五四），及「馬首鳴金環」（〈送韋仁實兄弟入關〉，頁一五六）。溫在《溫健騮卷》的〈我的一點經驗〉中，提到他如何引用變化李賀的詩句（頁二），可見他非常熟悉李賀的詩。如果是指銅駝身上的環，則這首詩的意象更為集中。但是這也牽扯到銅駝位置的問題。除非銅駝立在宮內，否則女主角又如何敲得到環呢？在唐朝李賀之時，銅駝立處已是平民皆能出入的行樂之地。銅駝乃漢代所鑄，也許當時立在宮內，但是如果此詩故事發生時間是漢朝也不可能，因為詩中第三段提到的折柳送別的習俗，漢朝還沒有流行。所以此環解為門環比較說得通。

由於溫健騮偏愛李賀的詩，此詩中可見李賀其他詩的痕跡，像是意象、手法、風格、主題等。最明顯的是對銅駝眼淚的描寫，溫說：「而且銅質，／不易銷蝕，消失」。李賀在〈金銅仙人辭漢歌〉中，也寫到銅質仙人的淚水，不會是普通質地的水：「憶君清淚如鉛水」（頁六六至六七）。溫此地轉借了李賀的意象。

方瑜說李賀在呈現意象的時候，「可以把兩種不同的感官經驗，經由類比而混融成一種複雜的情景，產生極為濃縮的效果。這種特殊技巧，在李賀以前，從未有人運用得如此成熟，如此豐富。」③

方瑜所指，即 Synesthesia 的技巧。溫騮此詩中的「另一隻手／浮霧地承住月光」即為此種意象，此意象混同了視覺與觸覺，因為月光屬視覺；用手來承接為觸覺。而溫的「天河慢慢捲起／像捲起一條軟軟的絲帶／被另一雙不斷折的手」也是把視覺與觸覺混同的意象。李賀在〈春坊正字劍子歌〉中，也用了絲帶的意象：「練帶平鋪吹不起」（頁四三）。但李賀是用極柔軟的練帶來形容鋼直的劍，溫健騮剛好相反，是把固體形態的天河，在天空迴轉的動作，以「軟軟的絲帶」的「捲起」動作來形容它。如果溫健騮此處是借用，則能觸類旁通，推陳出新。

李賀許多詩中瀰漫著陰森或病態的意象。如〈秋來〉的「誰看青簡一編書，不遣花蟲粉空蠹」（頁五五）。令人想像竹簡中全是蠹蟲在蠕動。又如〈神弦曲〉中的「青狸哭血寒狐死」（頁一五一），〈長平箭頭歌〉的「折鋒赤璺曾刲肉」（頁一五九），想像箭頭當年刺入敵人的肉中，意象很血腥。而溫健騮的〈銅駝悲〉也有病態的、血腥的意象。一隻血淋淋折斷的手，握住環；而銅駝「初嘗一滴暖暖膩膩的血腥」，都是非常恐怖血腥的意象。

溫健騮談到他感受「時間的壓力」，以及李賀那種「天蒼地老，人要死、神要死的『宇宙意識』。」（頁二）。此詩的主題之一，即表現這種意識。李賀在〈天上謠〉、〈官街鼓〉、〈浩歌〉、〈苦晝短〉等，表現了一切都要死，只有時間是永恆的，這個主題。但溫的〈銅駝悲〉中，卻把時間也寫成是短暫的，而且非常短暫，如曇花——「在年光的白曇開——／落了以後」。而真正永恆的，是「那一雙不斷折的手」，即宇宙運轉本身。溫健騮雖說表現了與李賀同樣的「宇宙意識」，但他運用的意象，並不雷同。

在香港詩人之中，能夠駕馭詩語文字的並不多，溫健騮是其中佼佼者。他的詞彙豐富，句法變化多端。詩中他用銅駝的眼淚來映照這個悲慘世界。他用「涼露的圓明」，及「晚結的清亮」來代淚水一辭。「晚結」也是指露珠，卻是變化的說法。「圓明」與「清

亮」是以形容詞來代替名詞，手法新穎可喜。此詩疊字用得多：「咕咕」、「蕭蕭」、「暖暖膩膩」、「慢慢」、「軟軟」，更有「銷蝕、消失」皆為 xia shi 之音，有音律重複之美。

溫又常用綿密的句法，如「另一隻手／浮霧地承住月光／接過她一方絲絹／裏了又裏的相思……」這四行中，二行與三行都承接第一行的「手」，而第四行又承接前一行的「絲絹」。句法的綿密展出綿密的詩思。

溫更擅用古意盈然的典雅辭，並與現代的語法交融在一起。典雅辭像是「葉落水寒」、「深宮、頹殿、驚烏、女垣」。而像是「你夜來便哭」、「影蕭蕭的晚了」都是俏生生的白話。且他大量用歐化的句法，如「而那不是被折的初柳／遺落在早春時候」，中文句法當是「而那不是遺落在早春時候／一條被折的初柳」，又如結尾的三行，「被另一雙」是英語的被動式，「在年光的」是英文「in」放在句尾的用法。溫用歐化的句法，與他在台求學，受六十年代台灣詩人的影響有關。並比溫的另一首詩，〈零篇（甲）一〉（頁二七）與瘂弦〈乞丐〉④中的句子，其歐化的程度，及重複的手法，非常類似：

雨後的街道，映起
一片淚濕的淒涼

在過客
過客們的臉上

——溫健騮〈零篇（甲）〉

只有月光，月光沒有籬笆
且注滿施捨的牛奶於我破舊的瓦缽，當夜晚
夜晚來時

——瘂弦〈乞丐〉

而瘂弦月光注入瓦缽的意象，也可能觸發溫健騮〈長安行〉（頁三七）中的句子「沒有陽光來注入你的空酒甕／一如沒有酒／注入你愁斷的腸裏。」這影響如果屬實，更證明溫健騮的吸收力與鎔鑄力都很強。

整體而言，在時空上，溫健的〈銅駝悲〉採用了許多層面。時間上，情人的故事發生在中國古典時期的某一年代，而結尾一段則推廣到永恆。而情人的故事，又依次有春夜的相會，有早春的別離、有秋日的出征、有冬天的戰亡。在空間上，情人的故事中出現古洛陽的宮殿、春日的江南，以及灰蘆的河蕩，更有結尾一段中，漫漫的人間世及遼闊的宇宙。此詩時空的轉移，可說是令人目不暇給，但仍是條理井然。唯一不十分合理的是，何以在洛陽的環一響，空間便轉移到江南去了呢？在整個結構上，結尾一段把時空推至無窮，擴大了視野，是不錯的手法。

而溫健騮更用一手法來貫穿諸時空，即「一隻手」的意象。首先出場的是女主角敲環的手，再出現的是男主角接過她絲絹的手，其次出現的是悲劇的手，男主角被砍斷的手，此手還用女主角送別時所折的柳枝作襯托。而時空雖跳接到無窮的宇宙，又有一隻手出現，即造物主「一雙不斷折的手」，故手的意象貫穿統一了全詩。

余光中在〈象牙塔到白玉樓〉一文中，評論李賀的詩說：「他的想像上的同情，只能從個人的這一端躍至神話的那一端，時代和人類幾乎是一片空白。」⑤而以溫健騮的〈銅駝悲〉為例，他的同情雖沒有落實在二十世紀的時代上，卻落實在受苦受難的平凡人類之上。溫健騮透過這首詩，表現了他的悲天憫人之心，他在結尾一段的躍升，也就不會顯得空泛了。

註釋：

①《溫健騮卷》（香港：三聯書店，一九八七），頁四五至四六。

②《李長吉歌詩》（香港：中華書局，一九七六），頁一三三。

③方瑜：《中晚唐三家詩析論：李賀、李商隱與溫庭筠》（台北：牧童出版社，一九七五年），頁八。

④《瘂弦詩集》（台北：洪範書局，一九八一年），頁五二至五三。

⑤《逍遙遊》（台北：文星書店，一九六五），頁九五。

論鷗外鷗的詩：〈狹窄的研究〉

熟悉香港環境的人，如果讀到鷗外鷗（一九九二至一九九五）的〈狹窄的研究〉，一定會大為訝異。這首詩作於一九三七年，足足半個世紀之前。詩人的觸覺何等敏鋭！五十年前就那麼確切地描寫了香港在本質上的暫時性，以及香港的擁擠：

沒有一座山永久，
沒有一塊冷落了的土地永久，
沒有一片房子永久，
標貼著「To Let」的招子不超過一小時，
永久的只有銀行的地址！
……
屋與屋的前壁，

僅有一寸的隙！
透著一寸的陽光！
流通著一寸的空氣！
……

鷗外鷗不但掌握了一個城市五十年不變的特性，他還以批判的眼光來寫這個城市。「永久的只有銀行的地址」一句，就點出了金融界在香港不可動搖的絕對地位，緊接著兩行「人行道的作用，/不是行人是住人」點出了人文價值的低落以及貧窮的壓力。此處詩人用了反諷的手法。

這首詩在結構上也章法井然。由海寫起，以山作結，充分反映了香港地理環境的兩大特色。

不建築在土地上。
建築在浮動的海洋上。

此詩開頭兩句便描寫海洋對香港這片土地的衝激與影響。「浮動」二字不但寫出港島周圍動盪不安的海，也影響香港「租來的土地、借來的時間」那種缺乏安穩的感覺。

詩的第二節由香港的日光，寫到香港的煙霧。兩者其實各自襯托人文的景觀。「日光」用來襯托家家戶戶曬在窗外的衣服——「日光浴的衣服」。「煙霧」用來襯托煙囱噴出的煙——「遍植了萬萬憶憶的廚房煙突的森林場啊。」兩者都緊扣本詩的主題，即香港的「住宅」。

第三節寫到香港因面積有限，所以向空中發展，向山上發展，想到香港島上群山之上，林立的大廈，就覺得鷗外鷗描繪得很貼切，「扒」字也富粵語的地方色彩：

香港人是扒著山。
香港的車輛的輪扒著山。
香港的建築扒著山。

此詩的環境便由海推向地面，由地面推到山上，由山上推到山巔作結，推動的方面也

切合香港建築發展方向。對香港的空間問題，詩人表現深切的關懷：

> 一切都作扒山運動的香港，
> 一切扒到了最尖端最高度的巔上的時候：
> 香港，怎麼辦呢？

〈狹窄的研究〉這首詩，在主題上，針對一城市的問題，觸及其本質特色。在結構上，空間的移動，層次分明。但在文字上，則有瑕疵。像是「不可統計的多呵……從街的一端，/移住在別一街的一端。」都有歐化，翻譯體文字的特點，相當生硬。「別一街」是英語 Another Street 的翻版。通順的中文應是「另一條街」。此外，「最」字與「的」字用得過多。詩人實在應在煉字上多下點工夫。

爆烈的火焰——論吳美筠的詩

縱觀香港女詩人吳美筠的第一本詩集《我們是那麼接近》，她的進步是飛躍式的。一九八二年她少女時代的詩作，語言時有生硬之處，感情偶見傷情之筆。一九八七年以後的詩，無論是感情的表達、詩藝的掌握、語言的磨鍊及結構的佈局等方面，都呈現飛躍的進步。

此外，吳美筠的聲音是獨一無二的，也就是說，放眼看台灣、香港、大陸的女詩人，沒有一位表現她那麼火爆的情感，她那種對內在世界暴力的發掘，她那麼強烈、充滿抗爭意識的血腥意象。台灣女詩人斯人及大陸的舒婷詩中的詩也很熱烈，但並不火爆；台灣女詩人夏宇、朱陵對內在世界的暴力也多加發掘，但比較冷凝，不像吳美筠那麼火辣。吳美筠的激烈意象，表面上有些近似洛夫早期詩中的暴力血腥意象。但兩者在性徵上的分別非常明顯：洛夫的抗爭意識屬男性的，吳美筠的是女性的。

任一條黑色支流咆哮橫過他的脈管我便怔住，我以目光掃過那座石壁上面即鑿成
兩道血槽

——洛夫〈石室之死亡〉①

血憤然從我的七竅冒湧
我恍惚凝定如一台蠟燭
並開始變形萎縮
直至
眼睛和心靈都融化成一灘流佈地上的
血肉

——吳美筠〈血路：（五）〉

以上兩節詩的意象都相當血腥，洛夫的詩表現了自我意志對外在世界的抗衡，石壁可以象徵外在世界。而吳美筠詩中的暴力則是由內向外發作，暴力潛伏體內，故身體會七竅流血，會變形萎縮。我曾在《現代中國繆司：台灣女詩人作品析論》一書中說：「不僅只是性經驗會影響所謂女性文體，女性其他生理經驗，也必然會有深切的影

響。例如少女自初經開始就要面對自身生理上的極端變化……即使性教育告訴她們這是正常的生理變化，但流出的總是血，自然會令少女有受傷的恐懼感，此外這種傷口是看不見的，潛伏在身體內部，不知傷得多重。這種與生俱來的傷害感是純屬女性經驗的範疇。」②

吳美筠的詩可說是具體呈現了這種女性感受的內在暴力。有時她是藉著建築物的內部空間，來表現這種內在的暴力：

當無法遏止的病菌
挖破我的表皮揭露我的嫩肉嚙噬我的內臟
……
當無情的鋼爪插入我的腦袋
鋼筋爆裂鐵枝橫架我胸前的亂石
……

——〈自輓〉

兩條　臥息地上的鐵軌
是一柄鏽劍插入地殼的肺葉
……
洞顎破裂張開
咳出沸熱的鹹味的
血漿自燙赤的地心
車站砰然崩潰

——〈相信〉

〈自輓〉描寫一棟被拆除的大型建築物，她以受傷的身體來比喻它。〈相信〉則以地層為身體，地下鐵路為血管，內在暴力即地心火山之爆發。吳美筠把現代都市的地上建築及地下建築皆女體化，由它們承受女體的暴力經驗，可謂是一種新型的都市女性主義詩歌。

在吳美筠詩作的多種意象之中，「樹」似乎是她特別執迷的意象。在早期的詩作〈化〉之中，詩人即自喻為一株「鐵樹」，經歷了爆裂與毀滅：

我乃甘願砍成紛飛不聚的
碎片

在一九八七年以後，樹轉變成外界的象徵，代表外來的威脅和打擊：

樹椏抓撲她輪廓迷糊的身影
不斷在她眩惑的臉龐
擊出幾道瘀痕
……
倒退的樹影像狂飆
忽然焚起幾團髮網
熾炙她飄移的腳步
……
一條粗壯的枝椏

直刺她的心臟

——〈獨眼〉

我赫然迷失在擠迫的怪樹林
發覺原來是一株株倒栽的樹在我身邊蠕動
丟了葉的樹幹胡亂披上雜色的碎布
遮飾光禿倒垂的枝椏
……
我還能希冀什麼
當眾樹困阻我的前途
稍稍移動也無端扇動周遭搖晃不定的樹
給樹枝狠狠抽打凌辱
我不過為了索求一條歸路

——〈血路：（二）樹林〉

主張用佛洛依德學說探討文學作品的學者，大概會把這兩段讀成女性對陽具的愛恨情結。我認為倒可讀成是女性對強暴的恐懼意識。此外，根據對樹的具體描述，它應該象徵男權中心的社會上，種種暴力、是非顛倒、老化、頑固保守等現象。

吳美筠是一位充滿想像力的詩人。例如她的詩〈獨眼〉描寫一個走夜路獨行的女孩，心中產生的恐懼。這位主角的反應，不是逃避，而是對抗恐懼。吳美筠用的意象很奇特：女主角整個人化為「一顆烏亮的獨眼」，有如夢魘中的變形，這一段頗富魔幻寫實主義的風格。且用凹與凸兩組對立的形象，凹的包括路形成的洞，及大圓袍底下的洞，被刺的心臟。凸的包括枝椏及凸眼。以意象的對立表現抗爭，而變成凸眼的女孩子，化為女王蜂，贏得最後的勝利：

一條粗壯的枝椏
直刺她的心臟
她扳開整個身體
像掀起大圓袍
覆蓋無底的洞

吸納所有路和樹
她凸成一顆烏亮的獨眼

頓然
樹影失落在她身後
她擁有了喜悅和痛楚

一九八八年以後，吳美筠的詩在結構方面也趨向嚴謹；如《血路》組詩共六首，首尾二首都是「街道」，空間由一二三首的地上，轉到四首的地面，至第五首之地下，再在第六首回到地上。第五首〈血路〉之中，死者在地底下「衝破一道地下血管」，朝意中人「雙腳暫歇的地方」，「向上擊發」，在第六首〈街道〉中，則表現意中人冷漠的反應，一呼一應，非常完整。

吳美筠詩的語言在一九八八年以後，已開始發展自己的風格，凡是以內在暴力為主題的詩，文字大多是豐富而緊密。如在〈血路（四）煮燭〉的這一行：

我感受兩顆濕潤的石在眼眶裏藴結漲熱

句子的主要動詞為「感覺」，附屬子句中的動詞則一連用了三個，密結在一起：「藴結」、「漲」、「熱」，故文字的密度很高。

而吳美筠以寫愛情為主的抒情詩，語言則相當流麗，很精確地呈現了詩中的「你」與敍述者「我」的關係。又表現了「我」聰慧、狡黠、柔美的情懷，如〈選擇〉、〈採擷〉、〈這扇窗〉三首詩。〈選擇〉一詩就文字流暢，比喻巧妙：

不要逼我判決
如果只容許是或否的答案
我需要一張白紙
把心和眼睛繪畫出來
……

〈採擷〉則表現了典型的女性陰柔，以「微風」、「腰帶」這些柔和、柔軟的意象，表現柔

情，是有古典意味，被動而深情的女性形象：

那時你必然回首看我
喚微風吹蕩我內心的淺灘
要是我巍巍顫抖
你伸手扶我
我便軟成一條腰帶
寬寬地環住你

〈這扇窗〉富故事性，詩的敍述者應是一聰慧的女性，因為她洞燭對方的心情和處境，在她眼中，對方是一個哈姆雷特型、猶疑多慮的男子，詩中把二人之間的關係，及二人在情感上的定位都描繪得非常清楚。窗和鑰匙的比喻也非常恰切，而且鋪陳得自然而得法，語言也流暢自然，是香港詩壇上少見的優美抒情體，不亞於林泠的〈叩關的人〉。

這扇窗
你守候得過久了
像名倦極不肯睡去的小兵
……
瞳孔太習慣城門封鎖的鏽色
這扇窗
你竟放大如一幅屬意的巨畫
且熟記框內細節的佈置
……
難道你從不曉得
鑰匙就掛在你腰間
你竟死守窗下
低首苦思進退的方向
分析守候的理由
……

看不見
我曾經過你的身旁
預告房子遷拆的消息
直到某天房子倒塌
我向你擺手告別
你才惘然憶起
我就是那給你鑰匙的人

可見，吳美筠的詩掌握了兩種聲音：一種是抒情的清音，一種是表現女性內在暴力的吶喊。前者拿捏得恰到好處，後者是她掌握的一個空前的題材。她能在兩方面都發展，真是難能可貴。

《詩雙月刊》第一卷第六期，一九九〇年六月一日註釋：

①《洛夫自選集》，（台北黎明文化事業股份有限公司，一九七五），頁三十九。

②《現代中國繆司：台灣女詩人作品析論》（台北：聯經出版社，一九八九），頁二九七。

沉思者：王良和

王良和已經逐漸發展為一個智性很強的詩人，在《火中之磨》詩集中，以誠摯、抒情的語調，展現他對智性的追求，展現他對生活敏銳感受的反思。就像在〈沉思者——張丹雕塑〉中，表現由於人的沉思，而生激盪，而產生活躍的智慧：

當他沉思，世界坼裂移動
眉上的兩座山逼向眉心
智慧在裏面翻滚
而生命是岩岸

當他面對一顆橄欖核，他甚至因而思索到整個人類文明的盛衰，他在〈時光的刻刀隨欖核旋轉〉的〈後記〉中說：「常有一個感覺，人類從誕生到毀滅的歷程，類似欖核的形狀……表現在欖核上，是從中間鼓脹的圓環向下收縮，徐徐轉向另一個尖角，完全毀滅。這，或許是神預設的安排……」。在詩中也預言，人類文明在發展到巔峰之後，將「切入險境」，終至「最後的文字／……都從地上除滅」。因此，在此詩人是扮演預言家 seer 的角色，這是西方現代主義高潮時期，詩人常扮演的角色，如艾略特，葉慈等，港、台現代詩人寫這類詩的人不多。

在詩人思想的宇宙中，總有一個中心，統攝著周圍。像是〈白鷺鷥〉中的那隻鳥：

獨立在淺灘的中央
周遭的事物彷彿
圍著圓點的中心旋轉
一刻，不曾一刻靜止
只有牠靜立於三度空間

或是〈藍色傘〉中的那把傘：「倏地突入雨天空靈的中心」。這個中心可以是宇宙客體的中心，如白鷺鷥；也可以是主體的自我，如那把藍色的傘，就是詩人自我的延伸：

「你可感到那縱橫的鐵枝原是我／手腕的筋脈？」

當天地有序，詩人的自我平衡之時，就像是地球的運行一樣，「……無數的同心圓／和諧地順軌迹運轉」（〈白鷺鷥〉）。當神掌控著宇宙時，一切都順著各種圓形軌跡運轉：「是的，你是無數的圓／圈圈相套，柔軟而虛幻／隨意收縮、擴大、靜止或旋轉／現在，過去，與未來／始終在環裏終始」（〈圈裏圈外〉）。

但是詩人的世界並非常是這麼有秩序，這麼平衡的，當然，通常詩人會在平衡與混亂中掙扎求存，王良和詩歌呈現的世界亦是如此。當白鷺鷥飛走了，中心消失了，也就是葉慈所說的：「中心不再能掌控」（"The Center Cannot hold"，引自"The Second Coming"），世界就一團混亂了：

中心空虛，統一的力源消散
凌亂失衡的事物
互相推擠，碰擊，磨擦
遂有眼前這人間的風景——
斷裂的山，破碎的石，動盪的海

誠然，在這本詩集中，詩人常呈現了內心世界「凌亂失衡」的狀態。他以超度的敏感，表現了所受的壓力和所陷入的困境。像是他在羅丹的雕像《沉思者》身上就看到了外來無比的壓力：「八方施壓，逐步收窄空間／一噸神墜他的頸／一炮風轟他的背」。〈松鼠〉與〈小鸚鵡〉兩首詩則表現了陷身為籠中囚犯的感覺。〈片斷〉一詩中，表現把創傷埋在心底，無法排解的痛苦，巧妙地用蚌吐出珍珠的意象來作比喻：

我別過臉，封死蚌裏的淚珠
深埋在水草叢中
月光不透的千尋海底
暗室裏唾光自照
吐不出砂，越磨越傷

然而，也正因為詩人感受到平衡與混亂的兩極，並時時由混亂的狀況，掙扎到平衡的境界，正因為這種掙扎，這種激盪，遂寫出好詩來，例如〈寒夜，醒來在火爐邊讀詩〉

就是一個例子。此時描寫一位超度敏感的心靈，感受到冬日的寒冷，那種蕭殺、毀亡的力量：

它穿過玻璃進入這斗室
虛耗了一絲力量，隨即
重新整合，默默摧毀我觸撫過的
木器、金屬、陶瓷、和雲石

同屬於萬物的人類也會受到同樣的傷害，敏感的詩人「赤足走過地板，彷彿／踩過鋒利的刀口，血向地下流」。詩人原來應該為深夜下班回家的妻子燒開水、做晚餐的，妻子此時應是挺著大肚子在回家的路上。然而這巨大的毀亡力量卻已摧殘了詩人的意志力，他已無力由床上爬起來了：

我精神震刷，惦記該起床下面等她
使力拉起上身卻駭然驚覺

全身的力量消散，冰冷，如一塊鐵
無故碎裂，頓遭八方的磁牆吸攝
癱軟，無助，疲乏慵慵

幸虧是詩人思想起妻兒肚裏的胎兒，那「中心的力源進發，他的小腿／踢出生命的力度」。是這個小生命的力度令詩人「意志拔高」，起床燒水，爐火的火與熱，遂成為詩人生命重燃的外射，詩人已成功地由混亂的極端，超拔至掌控中心的境界：「爐火在冷鋒的中心燃燒／一圈圈光，一圈圈熱，緩緩散放／如一個日輪轉動……」此詩的高潮出現在壺水燒沸時，壺嘴發出了嘯聲。壺中沸騰的水象徵詩人的生機，壺的嘯音，預告嬰兒新生命的來臨：「壺嘴吹出生命的最強音——／響起嬰兒高亢嘹亮的哭聲」。正面的力量遂完全佔了上風。詩人以毀亡與上帝兩者未來的拔河作結，結束此詩。這首詩相當長，但詩的思路曲折起伏，兩極的張力，感受的深刻，論述之具實，涵意之深廣，都是這首詩優勝之處。另一首精采的詩則是〈仙人掌〉，以仙人掌來描寫沙漠中一棵仙人掌，為一個宇宙的中心，自成一個自足的宇宙，並能向外刺探大宇宙的變化。

在藝術的技巧上，王良和已運用自如，他常用的手法包括大宇 Macrocosm 與小宇

Microcosm 的呼應法、比喻的方法，以及代名詞的用法等。〈烏戈利諾及其子孫——羅丹雕塑〉一詩中，烏戈利諾個人承受的痛苦，在他的頭顱這個小宇上顯現，呼應著全人類大宇的痛苦，即以地球與黑夜的意象作代表：

他面上的肌肉瞬即
抽成了漩渦
扯捲著眉毛、眼睛、皺紋與嘴唇
地球那樣重的頭顱啊
黑夜在上面覆壓

在〈時光的刻刀隨欖核旋轉〉中就用了不少巧妙的比喻，可謂是巧喻 conceit。詩中異想天開地以一顆小橄欖核來比喻全人類文明的發源、興盛、與衰敗；又用在橄欖上微雕、微刻經文，來比喻人類之文化。開頭第一段更把雕橄欖與耶穌釘十字架作比，增加了神把人類文明作為祭品這個層次的意義，在詩人筆下，橄欖與耶穌兩組意象，很巧妙地交織在一起：

當他想像欖核的形狀
一顆橄欖核就在掌中
彷彿耶穌落入了十字架
它落入了案上的鉗子
固定了位置，平靜地
等待釘。刻刀舉起

……

〈在浮木上回頭看你〉一詩中，建構一則浮木的寓言，動人地表現了詩人的夫妻之情，與詩人危難之命運。詩中呈現似真似幻的場景：即夫妻二人在香港外島大嶼山出遊，在橋板浮木上渡海，但浮木漂開，兩人孤立在水中浮木上，詩人一人冒險在縱橫的浮木上跳躍，妻子不敢隨行。以此寓言來描寫儘管夫妻二人相愛，但詩人危險的心路歷程還是要一個人自己走，自己去面對：

我感覺你在意識的漩渦裏呼救
果然，你苦笑又歉意地搖頭
看我獨行的姿影
有時跳躍，有時危行
……
背著漸漸傾斜的日光我忽然
回眸，才發覺浮濫的水域隔你已一世
何況中間還有一堆苔生的亂木
揮手向你，依依地看你
……

詩人用浮木的寓言，成功地描寫了詩人心路歷程之危險、死亡之威脅、愛妻之情，是一首好詩。

此外，詩人善於用代名詞。像是方才討論過的詩〈寒夜，醒來在火爐邊讀詩〉，詩開頭第一行就說：「當它穿過我緊閉的窗戶」，並沒有說明「它」是什麼，要讀者自己由詩中尋找答案，要讀完第一段十四行才能大約掌握「它」指的不只是嚴寒，而且是嚴寒背後宇宙肅殺的力量。詩人巧妙地用一個代名詞來指向抽象層次的意義。另一首詩根本用一個少用的代名詞為題目「祢」。這個「祢」在詩中的三段，每一段都出其不意地出現，在第一段「祢」是狂暴的殘殺者，在第二段是慈悲者，在第三段是被食的又同時是吃食的。詩人以「祢」來表現神之無處不在，甚至在最殘暴的現場，介入每一種角色，每一個舉動。這是一首很有力量的詩。

那麼，王良和處於香港工商業的社會，如何為詩的角色定位呢？在詩人贈給「創作坊」畢業同學的詩之中（〈童話故事〉），述說在香港而言，詩人是處於邊緣的地位，甚至是「外圍的邊緣」；詩人是寂寞的，因為這不是詩的年代，城市現實中的詩人也絕對不是英雄：

沿著玻璃幕牆龐大的陰影
我走到外圍的邊緣
人群、目光、掌聲
永遠在這城市的中央

……
寂寞來時，我喜歡它拖著
叮叮、咚咚，一串聲籟
幾個意象。不再是詩的年代了
向空茫的白紙構想一個童話
……
你們來了，我眼中的孩子
要聽韻律抑揚的故事麼？
你們崇拜英雄，長矛，風車
我故事的主角卻矮到塵埃裏

在香港，詩歌真是處於再邊緣也不能邊緣的地位。出版極為困難，也沒有銷路，讀者群極少。然而，在這種艱苦的狀況下，卻有像王良和這樣一群詩人，蘸著心血來寫詩，而且有幾個同仁詩社出版詩刊，這實在是令人敬佩的事。

在城市中的這位詩人，會因為孤寂、因為壓力，而消沉嗎？〈致賞花者〉是詩人與讀者的對話，這首詩也是「以詩論詩」ars poetica的作品。由於年輕的詩人有些宿命感，所以詩的開始，寫他面臨天地肅殺的力量時，自己像是瘦枝，像是一隻破土而出的手，任造物主來審判他創作的功過：「乾硬的手指／破土而出，向天地的主宰／攤開掌心的紋脈，任祂判讀」。他希望讀者不只是讀他過去寫的詩中，那些「一朵朵新穎的比喻／曲折處爆出的警句／容易招引目光的色彩」。實則他希望讀者閱讀的是他的中心，他思索的靈魂，所發掘對生命、宗教、文化的沉思：

我的中心有更深沉的世界
每一條根鬚是一個鋤
不斷向地層挖掘找水源
無限深入的探索是為了
承托更廣闊的天空

希望我這篇文章不是只論及王良和的比喻、警句、和意象，希望我是他心目中的好讀者，觸及了他更深沉的世界。王良和是余光中先生的學生，他師承到余先生豐美

的詩語，綿長的句法，曲折推出的詩思，有機的組織。但他已發展出自己的思想、自己的體會。王良和的詩令人感受到他對生活和生命的認真，對身邊親友的愛，對自己嚴格的要求，以及對詩歌的執著。因為他誠懇而敏感的心靈承受著重大壓力，遂在詩中出現苦吟詩人的形象。他的詩藝已趨成熟，詩歌本身也趨於深沉，他已不再是局限於一地的地區詩人，而是用優美的中文寫作的一位潛力無窮的中國詩人。

一九九三年八月於高雄市

序黃秀蓮的《揚眉策馬》

乍看書名《揚眉策馬》還以為黃秀蓮是刻畫巾幗英雄，如花木蘭、梁紅玉之輩。原來在〈揚眉策馬〉這篇散文中，描寫的是一位保姆車的女司機，接送她上學四年。讀完方知，黃秀蓮用了反諷手法，司機屬社會基層工作，但是由六、七歲小女孩的眼看世界，這位女司機盡心保護每一個小乘客，膽大心細技高，馳騁在眾車橫行如戰場的馬路上，她的確是位出類拔萃的女英雄。

《揚眉策馬》共收四十多篇散文，前三輯「傷逝」、「思舊」、「惜今」寫於二〇一〇、二〇二一年，屬近年著作。第四輯「回眸」收短文三十多篇，寫於一九八五到一九八八年。黃秀蓮體察人物、事物的細膩、她推陳出新的文字、她文字背後的溫暖，跨越時空三十年而延續，且相互映照。近期作品的思情和文字更加綿密、細緻。

本散文集描寫作者在香港生活中的感受。可以想像她細細地品味身旁的人物、事件、物品，用典雅的文字，精準地描繪其面貌。第一篇〈情意像鐵軌一樣長——悼穩

哥〉中的主角黃定穩先生，即黃秀蓮的堂姐夫，我不只見過，而且因為秀蓮，受過他的恩惠。二〇〇三年我由台灣遷到香港，到浸會大學任職，新居需要購置音響器材，秀蓮請黃先生幫忙，他帶我們去他熟悉的音響店挑選一套物美價廉的器材，三人把大盒小盒由港島搬到葵涌我家，大件的當然是他幫手。黃先生非常熟練地組裝音響、還仔細地試音，一位周到的謙謙君子。更重要的是黃秀蓮跟我的交情又深又遠，她看來弱不禁風，卻非常會照顧人，二十年來我多次受到她的貼心照料。因為黃秀蓮和她堂姐夫的恩澤，讀這本文稿，特別親切。

《揚眉策馬》這本書中，描繪的人物多屬基層，他們過平實的生活，在秀蓮筆下卻顯露尊榮和英豪之氣。〈揚眉策馬〉的女司機，「雙目斜望目標，眼尾不忘眄盼，留心六路。一臉堅定神色，『用志不分，乃凝於神』。」一副女戰士的神態。〈工廠的歲月〉中，為了幫補家計，十一歲的秀蓮下課後到親戚開的山寨工廠當童工，她母親常當朋友面說，等女兒小學畢業就去成衣工廠做女工；疼愛秀蓮的姑婆立刻仗義反駁：「佢係讀書材料（她是讀書的材料）。」要不是抑強扶弱的姑婆，我們的散文家不知會流落何方。〈思舊賦〉中，描寫秀蓮去探望童年的鄰居，都是八十多歲的老太太了，當年這些年輕的鄰居太太可是她的緊鄰，粵語稱她們為「師奶」，「一層唐樓之內住滿了七門八戶」。其中一位在秀蓮讀初中的時候常縫製裙子送她，秀蓮考取中文大學無法籌措到第一學期學費，他們夫婦就慷慨借錢，真是輕財重義。

在《揚眉策馬》一書的文字背後，作者流露對人對物的溫暖情懷。〈塵垢〉此篇的題目我一看就起疑竇，常用的詞語是「塵埃」，暗示塵俗、卑微之意，為什麼用「塵垢」二字？讀到散文中段，作者童年時坐保姆車，有一次意外停在公屋屋邨外，看見鄰居張姨在屋邨露天地方掃地，「穿上深藍制服，身型好像比平日更臃腫，頭髮也更凌亂」，小秀蓮在車上忽然大哭。我讀畢全篇才了解，張姨是基層社會的底層，清潔工在「工種中最卑微，待遇也很差」，此外她未婚生子，連在自己家裏，在唐樓貧窮的鄰居之中，也受輕蔑。當小秀蓮親眼見到張姨掃地，剎那間明白了張姨受社會鄙視的處境和忍氣吞聲的委屈，她的工作與塵垢為伍，她自己也被社會視為塵垢，垢是指骯髒的垃圾。所以小秀蓮為她大哭。這一哭震撼人心，也顯示作者為他人設身處境的慈悲情懷。

本書的最後一篇〈水仙〉描寫作者一項特殊技藝：如何把水仙球莖製作成舊曆年水仙盆景。水仙的球型根莖被褐色皮衣包的密實，她會熟練地剝皮，再用小雕刻刀刮泥，刮根部，以刺激生長。刮著刮著，作者卻說：「水仙給小刀一下又一下的刮下去，

一定叫痛了。」真的是溫情及物。〈處處聞啼鳥〉描寫作者住家附近多樹，所以她愛聽鳥鳴。但是下雨時分她就替鳥擔心了：「不知鳥棲於何處？在簷下？在冷氣機頂？在密葉間，任篩灑而下的雨水直淋？」她為鳥兒設身處地的關切溢於言表。接著寫說：「窗外忽有數聲鳥噪，天正放晴哩！」不遑多讓蘇軾的「春江水暖鴨先知」，她聽到鳥兒的聒噪，才悟到雨停天晴了，這是透過鳥的感覺來體悟氣候的變化。文章此處作結，也透露作者所持的正面人生觀，這種結尾，不只一篇。

黃秀蓮的散文文字如織錦：白話文是經，詩賦紋理是緯，織就新陳密合的凝煉。古典詩賦的一大特色就是對仗排比，作者用精確的白話文，以對仗排比呈現獨特的典雅風格。〈蝴蝶花裏水仙操——悼詩人譚福基〉中她以對仗手法形容譚詩人和她的交往：「相識得奇妙，永別得急遽」。這對句總結他們友情的開始和結束。秀蓮在二〇二〇年抗疫網上演唱會獲知陳耀南教授的消息，感念陳教授多年前的幫忙，發表了一篇散文〈陳耀南教授二三事〉，正為難如何把文章交給陳教授，就收到譚福基的電話，原來譚受到他老師陳耀南的託付也正在尋找她，秀蓮和譚福基的相識是靈犀一點通，所以說「相識得奇妙」。十個月後二〇二一年四月秀蓮約了譚福基在太古城午餐，下午去聽他演講。卻等不到人，打電話問譚太太才知道他當日早上中風無治了；

真是「永別得急遽」。秀蓮用排比手法來呈現跟譚福基結識的因緣：「生於堪驚疫情，源自師生厚誼，成於眾裏訪尋。」排比的文字典雅而凝煉。

黃秀蓮的散文文字如織錦：鮮明的實相是經，充滿想像的意象是緯，織就意想不到的比喻。〈吊船游走外牆間〉描寫屋邨大廈外牆的翻修工程，是由大廈住客的視角來寫。這一段文字有工程的寫實描繪，她觀察細緻，狀物寫的翔實，更有精彩的比喻意象：「窗外多了好幾條繩索，吊船上下游走，師傅立在吊船，空中飛人似的上天下地……鐵手臂轆轤般滾動，慢節拍『格──格──格』緩緩響起，拉動繩索，吊船上下移動，於是空中飛船船上客，窗前掠過……」吊船是工程的器具，一種四面圍欄杆的工作台，用繩索起重裝置控制它的升降。作者巧妙的比喻目不暇給，包括把師傅比為「空中飛人」，把起重裝置比為「鐵手臂」，把吊船比為「空中飛船」。後來再發展吊船形象為「戶外升降機」：「靈活升降，打通局限，直達任何一層，像戶外升降機，直上白雲，穿梭陽光。」作者營造比喻，充分發揮她豐富的想像力。

黃秀蓮的散文文字如織錦：兩難的狀況是經，誇張的形容為緯，織就令人叫絕的詼諧。〈揚眉策馬〉有一段文字非常好笑，描寫保姆車超載時，路上出現交通警察的應變情況。女司機和十多個小娃娃的兩難窘況是，女司機會被交通警察抄牌罰款，

娃娃們得蹲下躲藏以度過危機：「縮頸彎腰，不讓交警發現人頭鑽動。藏匿暗處，蒙混過關，八仙渡海，一待危機過去，立刻彈起，嘻哈大笑，拊掌歡呼……上演一場兵不厭詐的好戲。一丁點的成功脱罪竟帶來極大勝利感。」由「縮頸彎腰」開始到「拊掌歡呼」，一連用了九個四字詞，營造了一種嚴肅凝重感。又以誇大的場面作比，收對比的幽默效果：明明是十幾個小孩，用「人頭鑽動」來形容；明明是小朋友閃躲片刻，用「八仙過海」來形容；明明只是躲罰單，寫成戰場上用計謀，寫成犯大罪者成功逃脱。作者深諳誇大之道。

詼諧的效果常源自自我調侃，作者能客觀地跳出自我，俯瞰自己的兩難困境，加油添醋地調笑。〈榴槤香裏細端詳〉則通篇筆觸幽默。榴槤這種水果產生的兩難情況是，大多數人認為榴槤惡臭，避之不及，偏生作者以之為香，好食其味。所以作者誇大地、客觀地描寫她如何在超市以專家的精湛眼光挑選榴槤，「低頭嗅嗅榴槤末端，渾然熟透的，從首到尾，散發香氣，拼盡誘惑。」並以《莊子》〈養生篇〉的庖丁解牛為對應文本，「提刀，動刀甚微，硬殼剖開，淡淡金色的果肉依偎殼內」，讀來令人發噱。原來秀蓮還是一位高明的笑匠。

讀《揚眉策馬》我體會到，黃秀蓮的觀察細緻，狀物翔實；她的文字凝煉、典雅，

新舊文體密合；善用充滿想像力的比喻；又以其誇大的彩筆，調侃兩難的窘況，有幽默大師的架式。書中的人物描寫能突顯基層的尊榮和英豪之氣。書中的敍述對人、對動物、對物品流露溫暖的仁心和正面的人生觀。由以上《揚眉策馬》集的特色觀之，黃秀蓮的散文在華文世界自成一家。

大廈的巨影

——評葉娓娜的《看星星》小說集

葉娓娜的短篇小說，不但處理各式各樣的體材，小說中的角色也包羅各階層的人物。〈群戲〉和〈看星星〉寫大都會商業機構中之權力鬥爭，弱肉強食。小說中的人物如董事長、經理、秘書、以及女強人，都各有各的面貌。〈長廊〉寫香港知識分子的心理，一位向現實投降的中學老師。〈休假日〉寫一個工業大廈貨倉的夜更工人，描寫他的內心世界。〈冷氣機失竊記〉寫整個村莊的村民，與一位外國神父之間的關係：由對立到和解的過程。故事的主角是集體的村民，而非個人。而她也處理許多女作家筆下的題材：如〈芳華虛度〉寫現代閨怨：一位內向專情的女孩子，在情感受一次打擊之後，再也不敢投入生活，付出情感了。〈么哥的婚事〉寫妹妹對哥哥的親情，以及對未來嫂嫂的嫉妒。〈唯一的一個〉寫兒童心理。〈隔壁的小女孩〉寫婦女天生的母性。葉娓娜不但處理的體材有廣度，角色包括社會各階層的人物。而且小說的素材都選得恰當，筆觸客觀有真實感。我認為她在這些方面，具有成為一流小說家的條件。

本書是她第一部結集之作，收集了八篇短篇小説，以及七篇小小説。這十五篇作品中，佳作很多，我認為下列數篇尤為突出：〈么哥的婚事〉、〈看星星〉、〈休假日〉、〈群戲〉，以及〈唯一的一個〉。

〈么哥的婚事〉是篇成功的作品，非常自然流暢。觀點的運用尤其成熟到家，寫一個中等家庭之中，有三個女兒，一個獨生子。故事是由么妹的觀點，描寫她哥哥交女朋友到結婚前夕，家中各人心理上起的變化；主要更細膩地道出了么妹與哥哥以前情感之融洽，並寫出她對未來嫂嫂由好奇好感的態度，轉變為妒嫉的心理。她寫以前哥哥與家人關係的密切，用摺日曆記家人生日的細節來寫，不落俗套，而且很具體，很精簡：

> 小時候過年，換新日曆，么哥第一件事就是把家裏各人生日的幾頁摺角，怕日子溜過了，會忘記，他自己和我的會一摺再摺，以示隆重。

正因為舊日情濃，所以交上女朋友後，竟沒有回家參加妹妹的生日宴，這就更顯得么哥的心的確放在女友身上了。到半夜妹妹氣得睡不著覺，忍不住爬起來去看么哥回

來沒有，去質問他何以缺席。么妹卻在黑暗的客廳中見到么哥擁吻女友。由於描寫過以前兄妹之情的融洽，這件事對么妹的打擊力就更大。這些事件也顯示出葉娓娜在選擇素材方面很具眼光。而女朋友凌姐第一次隨么哥回家探訪么哥家人，就寫得非常逼真。因為么哥對她痴戀，一家人都若有所失。透過么妹的眼中來看，來體驗各人不同的反應。這是飯後么妹洗完碗，見到爸爸在客廳椅上睡著了，媽媽正在削蘋果。而么哥與女友在么哥房中親密地說笑，旁若無人：

> 爸爸揉了揉眼睛，醒過來了，吃力的攀起來。媽媽輕嘆了一口氣，放下削著的蘋果，過去扶他進房間裏去了。我一口咬著還繫著皮的蘋果，凌姐嬌俏的女高音尖刺刺的。我把電視的聲響，提到平時的兩倍。正賣著洗衣粉的廣告，我覺得很好，眼睛就再沒有離開過電視。

這一段的成功，在能很含蓄地寫出父母被冷落的寞落心理，更深一層來說，他們已經失去么哥這一個家庭成員了，是么哥為了凌姐而決定婚後搬出去住的一個伏筆。而么妹故意把電視機音量放大，以壓下凌姐的聲音，也把么妹的任性、妒意表露無遺。

〈看星星〉一文的文字，富有風格。這一段寫女主角由禮品中心走到大廈外，又再走入室內停車場，足見葉娓娜在文字上下的工夫：

禮品中心的冷氣一竄一竄，燈火幽幽的，只不過是中午，還以為快到黃昏入黑。推開門，後尾梢吊著一股寒氣，迎面卻意外地撲來白刺刺的陽光，十月輕緩的風閒散地吹著。余姘打開皮包，抽出鑲白邊的太陽鏡，不戴，卻一把翻上頭頂。走進室內停車場，驀地暗了一片天，反把眼鏡向下一拉，一張臉只剩下兩圈白框框。

這段文字活潑生動。像是「冷氣一竄一竄」，不但用了重複手法，而且生動地以動物的動作來寫冷氣。她又刻意用對仗手法，寫出內外兩個世界的不同：「後尾梢吊著一股寒氣」對「迎面……撲來白刺刺的陽光」。而女主角余姘的一連串動作，都用了明快簡短的句子來表達，又用明顯的意象——如「兩圈白框框」——來寫她，顯示出她是個性果斷，很「帥」的女孩子。葉娓娜在其他小說中文字都沒有那麼刻意。但本文文字刻意也有其道理。本文大部分是由女主角余姘的觀點來寫，而余姘是個好強高傲，而又敏感細緻的女子。本文文字方面精緻造作，可以說是很配合她的個性。本文中還有

一段極富抒情風味，是寫余姘過去的幸福時刻。余姘與男友及她的知己晴初三人無憂無慮地在草地上看星星。這段文字用了不少詩的比喻手法，尤其是巧妙地運用「擬人法」personification。例如星星像人一樣，也會閉上眼睛。又用了主觀地錯亂官感的手法synesthesia，如把聽覺的音樂，比作視覺的流水，形容流水似的音樂。又刻意用了「淌」、「流」、「兜」、「轉」、「漩」這些不同的動詞。而整段都富於韻律之美：

> 草地周圍的矮樹叢縫進天空裏去了，巨大的黑色背景漫天沒地的掩過來。自己閉上眼睛，星星也閉上眼睛，在聽寂靜在曠野裏吹長笛，一小串、一小串的音樂輕快悠揚的白近而遠，像山溪裏的水，淌過碎石河床，流遠了，要聽不到了。然而遠兜遠轉，又漩了回來。

葉娓娜其他作品也相當注重文字。由她的原稿與修定稿之間的比較，便顯然易見她下了工夫。〈冷氣機失竊記〉的原稿用了一個不同的題目，叫做「竊」。原載台灣大學《拓荒文學》。原稿中有幾句是村民在背後罵那位新來的洋神父：

「貓眼！」
「該殺的，成雙鬼眼！」
「刻薄相！」

在修定稿中就改成：

「貓眼！」
「猴相！」
「一雙鬼眼！」
「短命刻薄相！」

原稿中的「成雙」一辭是粵語，與本文的時空不符。這故事情節說的是台灣光復幾年後，在一村莊發生的事，所以改成「一雙」是對的。而且修定稿有對仗的諧趣，如「貓」對「猴」。第三、四句又重複「眼」與「相」字。可見葉娓娜是下了相當工夫琢磨她的文字。

〈休假日〉是小說集中最有深度的作品。主題是寫都市中低層工作者的孤寂。葉娓娜在選擇本文主角的職業之時，眼光非常獨到——他是個看貨倉守夜更的，所以他的孤寂比一般人更深。這個人白天是孤寂的，因為他白天睡覺，與家人，與世界，可說是不相往來。他在晚上更為孤寂，在黑暗無人的世界，守著滿是木箱罐頭的貨倉。他的太太在新婚那幾年還抱怨與他相處時間太少，後來她有了工作，對他也不在乎了，視他如無物。他的小兒子因為很少見到他，根本不把他當爸爸。他與人世唯一的聯繫是另一個夜晚工作的人。某一個星期天，他跑步時偶然遇見了另一個跑步的人，他是個酒吧調酒的。葉娓娜選擇此人的職業也是匠心獨運，酒吧間是夜生活的地方，也相當黑暗，只有一點燈光。去酒吧的人都是去買醉，去沉醉，去逃避。而調酒的酒保不能沉醉，也不能逃避，他只能無可奈何地工作。他與看更的一樣孤寂。於是兩人同病相憐，成了朋友。

故事的觀點是用主角作第一人稱，由他休假日早上寫起，發生了些平凡的事，他不受家人接納，他的無奈無聊，又勾起他的一些回憶，一步一步揭發了他的內心世界。而他唯一的朋友——酒保——也久已失去聯絡，因為酒保已經很久沒來跑步了。因此主角陷於絕對孤獨的境界。我們由他的回憶片段中知道，他因為太孤寂，在守夜時會產生幻覺，疑神疑鬼，而且患上暈眩症。他因為與人世溫情隔絕，已被孤寂與冰冷的世界逼得變了形，逼成了病態。故事的結尾一段，寫他在休假日無聊地在公園打發時間。表面上氣氛很悠閒，事實上是間接控訴生活之絕望、生命沒有意義，無可逃遁：

這世界驟然看去，真是熱鬧美好，惟獨我的心刻骨的靜，就只有我和自己。我穿過灌木叢，走上小草坡。找回我的長椅子；坐下，打開已不冰凍的啤酒，呷了一口。不會太久了，我心裏清楚。只要日影越過球場，在有石雕的大門側收斂，小草坡遙對的大樓亮起第一盞燈，我的假日就差不多過去，黃昏近了。

〈群戲〉是葉娓娜本集之中篇幅最長的作品，也是部野心之作，寫某大商業機構之中的權力鬥爭，弱肉強食。香港社會這類題材應是非常豐富。不過寫得好的人並不多。因此葉娓娜這一篇可說是難能可貴。此篇小說之觀點轉移了多次，有長篇小說的氣勢，用過唐秘書、萬經理、姚樹華的觀點，還有公司的會議紀錄也成為推展故事的一部分。而權力鬥爭之中，還穿插了男女的戀情。唐秘書與姚樹華一對，是人情淡薄的都市裏，難得一見的真情。姚失敗了，叫人擊倒了，唐秘書對他的情感依然不變。而張守京與

路婷一對，則成為對比，是不幸的都市戀情。路婷對英俊的張守京單戀，而張守京則打算利用她的情感，來拉攏她成為自己一派，張守京想奪萬經理的權，但卻不夠冷血，就是對路婷，他也不會做戲，過於傲慢，因此不能充分利用她。這可說是個伏筆，影射張守京在權力鬥爭之中，根本不可能得勝。

〈群戲〉寫了五、六個主要角色，都各如其分，他們的結局也都有其必然性。像是萬經理的老謀深算，的確寫得絲絲入扣，所以他必然會鬥勝。姚樹華是個單純的、崇尚理想的人，所以他被逼離公司也是必然的。不過因為本篇過分偏重「群」戲，所以個別角色缺乏立體感和深度。主角人物命運的起伏，都合情合理，只有唐基是個敗筆。唐基是個善於巴結上司的職員，全篇為他落的伏筆很多。包括他送枴杖給萬經理——枴杖似有特別的象徵意義，像是暗示萬經理會依靠他——或是在「猜領袖」遊戲之中，唐基竟是僭藏的領袖。但到故事結尾處，他在公司中的地位不但沒有顯著的提升，連他高升的暗示也沒有。所以寫唐基的伏筆是浪費了。

此集中另有兩篇小小說，非常精煉，就是〈唯一的一個〉及〈乖，程程乖〉。雖然簡短，卻結構嚴謹，涵意深長。主角是兩個家庭中的獨生孩子，主題是寫這兩個孩子的孤寂和無助，而且是兩種不同的孤寂。依諾小妹妹父母親都上了班，家中雖有菲傭伴她，但菲傭並不真心關切她。故事開始時，她正等她小表弟來，與表弟玩是她幸福快樂的時刻，但老等他不來，於是：

她把玩具全翻了出來，然後躲進大紙皮箱裏，很有滋味的吮起大拇指。

相信依諾小妹妹這些動作有特殊的象徵意義，吮大拇指影射她想變成無憂無慮，受到呵護的嬰兒。躲進大紙皮箱，則暗示她想逃避人世，回到安全的母體子宮之中。

第二篇寫一個叫程程的小男孩，父母帶他上街。父母遇見熟人，就逼他叫「阿姨」，逼他唱歌表演，像是耍猴一樣。他不唱，大人就對他威迫利誘：

「叫阿姨，乖，阿姨有朱古力。」媽媽彎下腰，很機密的說。

……………

「你不唱，爸爸不帶你玩電動車。」媽媽說。

其實阿姨根本沒有朱古力，母親是騙他的。大人的詭計被程程看穿，媽媽反而還罵他

「鬼靈精」。表面上，大人所作所為看來很正常，很稀鬆平常，但其實是視孩子為玩物傀儡，忽略了孩子與成人一樣有自尊心。這孩子最後因為無助而變得封閉而懦弱：

> 程程垂著頭，木無表情，就在街上，用蚊子一樣的聲調，含含糊糊的唱起他的歌來。

葉娓娜寫〈唯一的一個〉及〈乖，程程乖〉這兩篇小小說時，頗能為孩子設身處地，由孩子的立場來看成人，來感受和經驗，她對孩子的關切同情，為他們呼冤，可說是不言自喻地表達出來了。

縱觀葉娓娜這十多篇小說，大多數都關注一個大主題——即工商業文明之下，現代人的心理狀態。她小說中有一個重複出現的主題，即都市的現實生活其實是一個陷阱，人墮其中則被同化，不能自拔。〈指環〉中的女主角，在她姐姐的身上，見到自己未來的婚姻生活，會一樣的單調，擔子會一樣的重，而且她與未婚夫之間的愛情也一直沒有什麼熱度，她雖有掙扎的意念，但那一絲意念也旋即打消了，她不敢取下他們的訂婚戒指。〈長廊〉中的男教員，本來大學時還是學生運動的活躍分子，當中學教員之後，就向現實低頭了，他的心都放在地產和股票上，放在謀求出國之途上，對教育下一代，根本全然沒有熱忱，反而把學生當作出氣筒。他的未來，也是個不能自拔的陷阱，是條走不盡的長廊。

其餘如〈芳華虛度〉的女主角，〈休假日〉中的貨倉看更工人，〈唯一的一個〉及〈乖，程程乖〉之中的兩個小孩，都是被現實壓逼而受了傷，變了形的人，他們的未來是沒有希望的。葉娓娜用冷凝、客觀、寫實的手法，反映出大都會人群的內心世界。她的同情與悲憫雖然深藏，但卻如海底巨蚌中的明珠，發出幽幽的光輝，這是她成功之處。

《香港文學》第一期，一九八五年一月五日

生活情懷釀文學美酒

有一句話說：「少女情懷總是詩」。推而言之，是否作家們青少年時期的作品都充滿詩情畫意呢？有些作家年輕時候的作品的確如此。晚唐詩人李賀寫了那麼多淒美的詩，都是十幾二十多歲的作品。英國十九世紀詩人濟慈 **John Keats** 著名的〈夜鶯頌〉（**"Ode to a Nightingale"**）著於二十四歲。哥德的《少年維特之煩惱》著於二十五歲。那麼，是否只要是少年情懷寫出來就一定如詩如畫呢？作家到中年、老年又怎麼樣？寫出來就不如詩如畫了嗎？當然創作的過程和成果遠比這一句話複雜。

從個人經驗開始

首先要談的是文學創作有哪些素材？談到素材，以水彩畫寫生為例，面對景物，畫家想像中有一個框架，框中的眼前風景就是他的素材。因為文學是要運用文字再創人生，所以素材比寫生畫要複雜。文學創作的素材大致包括下列三類。

第一類是自己的生活經驗和遭遇，很少作家創作的內容完全脫離自己的經驗，或多或少都採用了自己的經驗。

第二類素材是每一個作家一定會由其他文學作品或其他藝術作品、哲學思想、歷史、傳說中吸取養分，學習他人作品的內容、結構或手法。起步的時候，更常會模仿前人的名作，即使是自己已是成名作家，終其一生，也常會借鏡他人的作品。

第三類素材是客觀的資訊，包括生活環境的細節，歷史人物、事件的資料、當代社會的資料等等。

傾瀉式與反芻式

我們要談的是第一類的素材：自己的經驗和遭遇。運用自己經驗作為素材的創作方式大致有兩種，一種是傾瀉式的、一種是反芻式的，當然也有人兩者皆用。

傾瀉式是指像小說《少年維特之煩惱》，其中自傳性的成分很大。哥德二十三歲時愛上他好朋友的未婚妻，只好把愛意壓在心底，鬱悶到絕望的境地，就寫了這部小說。

因此小說的文體是傾瀉式的，熱情澎湃，不吐不快。許多著名作家的第一部小說或早期詩作都屬傾瀉式。

第二種創作方式是反芻式的，作者在落筆之前，先反省自己的生活經驗，深入了解自己生活事件的來龍去脈，自己行為背後的動機，以及自己與他人的關係。然後再把這些經驗多番了解，作為寫作素材，所以稱之為反芻式。許多重要的文學作品都屬這一類。最明顯的例子就是《紅樓夢》。

曹雪芹在第一章中說：「念及當日所有之女子，一一細考較去，覺其行止見識皆出我之上。我堂堂鬚眉，誠不若彼裙釵。……當此日，欲將已往所賴天恩祖德，錦衣紈袴之時，飫甘饜肥之日，背父兄教育之恩，負師友規訓之德，以致今日一技無成，半生潦倒之罪，編述一集。」這就是把自己的過去及與他人的關係加以反思、整理、作再呈現、故為反芻式。這種反芻式地處理自己的經驗正是我們要深入探討的。

反思行為動機

如何反芻自己的經驗用以作為創作素材呢？首先是要了解自己行為的動機。例如說你有一段經驗想把它寫出來。你是一個受過救生訓練的人，有一次在岸上看見有幾個人正在緊張地對一個人施救，那人一身濕淋淋顯然是由水裏救上來的，你看了一分鐘才自告奮勇去施救，結果把那人救活了。

在寫這段經歷之前先要反省自己為什麼看了一分鐘才出手？是你客觀地要看清楚正在施救的人動作是否正確？還是因為你一向做事比較遲疑，總要考慮一段時間才下決定？還是因為過去有一段可怕的經驗令你不敢再去面對？你曾經參加救一個溺水的人，卻眼睜睜地救不活他。

等你的反思有了結果，你寫出的作品才有心理層次，才有深度。芥川龍之介的小小說〈大紅橘子〉就是一個反芻式的例子。

再想時、地、人關係

針對我們自己的經驗，另一個需要反芻的是自己與他人的關係，或是你對他人的看法，或是針對自己與他人互動的理解。

例如你要寫一篇散文，描寫你與你最好的朋友的關係。這種文章很難寫，你可以

用詞語描寫你們的關係，像是「志趣相投」，你可以寫兩個人一起做的事，你可以描寫他的外貌性情，但這樣還不可能是感人的作品，你必要去深入分析何以兩個人那麼契合的原因。是不是因為你們在個性上互補？如何互補法？是不是他與你童年最喜歡的人相像？

是不是你有些成就恰巧是他自己想要達到的？到一連串問題有了解答，你對兩人之間的關係就會有更深的了解，你的散文也會豐富很多。

不僅是人與人之間的關係要反思，人與動物之間的關係，人與地點景物的關係也要反思，余光中與余秋雨兩位有不少散文處理的就是人與地點景物的關係。

滲入歷史社會框架

另外還有一個重要項目也是要反芻的，就是自己經驗到的事情有其社會、經濟的環境背景，有其歷史的來龍去脈，要把自己的經驗放在更大的框架中，那個經驗寫出來才有歷史感、真實感。

張愛玲的小說《傾城之戀》中注入了她在香港的一些經驗和感受，但這篇小說用了歷史的框架，把歷史因素滲入小說中，就是第二次世界大戰香港淪陷的歷史。就因為有了歷史的因素，這篇小說脱離了言情小說的範疇，有其時代意義。

我自己在一九九〇年代有過一次奇妙怪異的經驗，朋友陪我去馬來西亞馬六甲城的三保山探鄭和的遺跡。三保山是一座大墳山，上面有一萬二千多個華人的墳，那是黃昏時分，居然有幾百個華人在山上墳堆之間散步、談心，人人一副心情愉快的樣子，連我都心情愉快起來。你在世界上找得到第二座墳場是這樣的嗎？於是我去尋找這座墳山的歷史，了解到山上華人心境愉快的前因後果，寫成了一篇散文：〈人鬼同樂——馬來西亞的三保山〉。

以想像力創造素材

當你反芻過自己的經驗，執筆開始寫的時候，要運用什麼才寫得出好的文學作品呢？當然是要運用想像力。其實運用想像力並非是無中生有，而是去獲得更多的材料，並把材料作原創性的、獨特的組合。

例如說在小說創作寫人物的時候，主角往往有作家本人的影子，只是成分的多寡而已。可以想像賈寶玉的個性、脾氣、習慣必然與曹雪芹本人相似。創造重要角色的時候，往往是把自己與他人的一些成分融合起來。像是在我的小說〈刺〉中，女主角的個性有一點我的成分，但女主角的外貌和個性主要是用我大學一位女同學來做模子。

當然最常用的是把自己一段一段的經驗寫入小說中，當做是小說人物的經驗。凡小說家必然用到這一招，否則小說中發生的事很難有切身、真實的感覺。

我因為自己收藏古玉，研究古玉，所以這方面有些古怪的經歷，像是有個漢朝的玉鐲，一戴上就生病，一取下來病就好了，我就把這段經驗寫入小說〈過山〉之中，並為這件古怪的事編造了前因後果，成為小說的主要情節。

總的來說，要把自己的生活體驗化為文學作品，不僅要反思自己的動機、人際關係，以深化自己的體驗，還要學會把自己的經驗與其他的素材作無縫的組合，作品才有層次、有真實感。

《文匯報》，二〇〇五年三月十二日

本創文學 119

情鍾香港

作　　者：鍾　玲
責任編輯：黎漢傑
美術設計：Amanda Woo
法律顧問：陳煦堂 律師

出　　版：初文出版社有限公司
　　　　　電郵：manuscriptpublish@gmail.com

印　　刷：陽光印刷製本廠

發　　行：香港聯合書刊物流有限公司
　　　　　香港新界荃灣德士古道 220-248 號
　　　　　荃灣工業中心 16 樓
　　　　　電話 (852) 2150-2100 傳真 (852) 2407-3062

海外總經銷：貿騰發賣股份有限公司
　　　　　　電話：886-2-82275988 傳真：886-2-82275989
　　　　　　網址：www.namode.com

版　　次：2025 年 9 月初版
國際書號：978-988-71098-3-9
定　　價：港幣 98 元 新臺幣 360 元

Published and printed in Hong Kong

香港印刷及出版